三國疑雲
卷 8
兩虎相爭
水的龍翔 著

目錄

第一章

兩虎相爭

高飛道：「不如你束手就擒吧，省得麻煩。」

「燕侯難道不希望看關某和子龍一戰嗎？燕侯將子龍放在這裡，不就是為了關某嗎？」

高飛確實是這樣想的，但是他擔心兩虎相爭必有一傷，萬一出了什麼閃失，那就得不償失了。

清晨，第一縷的陽光照進了陽翟城裡，透過窗戶，同樣照進了高飛的房間裡。

刺眼的陽光使高飛醒了過來，睜開眼睛的一剎那，高飛夢囈了一會兒，這才緩緩地從床上坐了起來，打了個哈欠，伸個懶腰，用特製的牙刷配上骨粉製成的牙膏刷牙，以保持牙齒的清潔。

推開門，高飛便感受到陽光的溫暖，這段時間，連續的陰雨天氣讓他的心情十分糟糕，今天難得遇到一個明媚的天氣。

剛剛深呼吸一口氣，便見賈詡大步流星地走了過來，拱手道：「啟稟主公，剛剛接到黃忠密報，孫堅已經下達了全國備戰令，以黃蓋為右路先鋒，率領壽春之兵西進，並且統帥沿途各郡縣的士兵，攻打江夏。另一方面，孫堅親自趕赴柴桑，親自掛帥上陣，帶領水陸大軍從左路攻打江夏。」

高飛聽完，笑道：「看來今天果然是個好日子，太陽出來就預兆著我們陰霾的日子將要過去了。楚軍方面有何動向？」

「這正是屬下將要向主公說的，劉備已經在潁陽集結了兩萬大軍，以關羽為先鋒大將，張飛為後軍，他親自帶兵，大軍居中，已經於今天早晨向這裡浩浩蕩蕩的開來，預計楚軍前部午後便可抵達陽翟。」

高飛冷笑一聲，道：「劉備果然聰明，怕張飛莽撞，也怕和我再有瓜葛，所以讓張飛押後。**既然來的是關羽，那就不可小覷**，需要巧妙的布置一番，也不能固守城中坐以待斃，要出城迎敵，想辦法扼制關羽的前進。只要楚軍前部一敗，劉備就會有所顧忌，加上孫堅出兵的消息既然已經傳開，劉備估計也會在不久後知道，所以，**儘量不要直接交戰，以退敵為上**。」

「屬下明白，屬下已經安排好一切，早已經為關羽準備下了一計，只要他來了，定然會受挫。」賈詡眼中露出一絲精光，捋了捋鬍鬚，陰笑著道。

「軍師可否將計策說給我聽聽？」高飛見賈詡胸有成竹的樣子，好奇問道。

賈詡道：「屬下在通往陽翟的要道上故意弄出有埋伏的樣子，楚軍若是見了，必然不敢從那裡通過。敵軍大將是關羽，他是個聰明人，遇到這種事，必然會先思慮一番，在敵我不明的情況下，考慮到底要不要通過。這樣一來，就會延誤戰機，而相信吳軍攻打楚國的消息會很快傳來，那樣的話，我軍就不用打仗了，**此乃不戰而屈人之兵**。」

高飛聽後，哈哈大笑了起來，說道：「軍師此計甚妙，這可是**此地無銀三百兩**啊……」

「此地無銀三百兩？什麼意思？」

高飛見賈詡不明白，便給賈詡從頭到尾講了一遍。

「從前有個人叫張三，喜歡自作聰明。他積攢了三百兩銀子，心裡很高興，但是他也很苦惱，怕這麼多錢被別人偷走，不知道存放在哪裡才安全。帶在身上吧，很不方便，容易讓小偷察覺；放在抽屜裡吧，覺得不妥當，也容易被小偷偷去，反正放在哪裡都不方便。

「他捧著銀子，冥思苦想了半天，想來想去，最後終於想出了自認為最好的方法。張三趁黑夜，在自家房後牆角下挖了一個坑，悄悄把銀子埋在裡面。埋好後，他還是不放心，害怕別人懷疑這裡埋了銀子。想了想，又想出了一個辦法，他回屋在一張白紙上寫上『此地無銀三百兩』七個大字，然後貼在坑邊的牆上。他感到這樣絕對安全無虞，便回屋睡覺了。

「張三一整天心神不定的樣子，早已經被鄰居王二注意到了，晚上又聽到屋外有挖坑的聲音，感到十分奇怪。就在張三回屋睡覺時，王二去屋後，借著月光看到牆角上貼著紙條，寫著『此地無銀三百兩』七個大字，王二一切都明白了。

「他輕手輕腳把銀子挖出來後，再把坑填好。王二回到家裡，見到眼前的白花花的銀子高興極了，但又害怕起來。他一想，如果明天張三發現銀子丟了，懷疑是我怎麼辦？於是，他也靈機一動，自作聰明拿起筆，在紙上寫著『隔壁王二不曾偷』七個大字，也貼在坑邊的牆角上。

「軍師，我怕到時候關羽也給你寫個『關雲長到此一遊』，那就得不償失了，而且陽翟城也會面臨兩萬大軍的圍攻，一旦陽翟城被圍攻，就算劉備得到了吳軍進攻楚國的消息，也必定會先攻下陽翟再撤軍。」

故事講完，賈詡一臉的羞愧，說道：「主公，屬下慚愧……」

「不，你做得不錯，只是這條計策沒有完善，應該派出兵馬，就在你製造埋伏點的地方進行埋伏……」

「啊……那樣的話，敵軍不是就發現了嗎？」

「呵呵，我正愁敵人發現不了呢，除此之外，還必須要讓人豎起幾個牌子，插在有埋伏的地方，上面寫上『此處有埋伏』五個大字。正因為敵軍大將來的是關羽，所以才要這樣做。關羽一身傲骨，美髯刀王天下名揚，就算刀山火海他也會闖，所以，**這是明知山有虎，偏向虎山行**，如果他不來，反倒奇怪了。」

賈詡思慮了一番，覺得高飛說得極有道理，便道：「沒想到主公對關羽如此的瞭解。」

「呵呵，下去執行吧，我一會兒吃完飯就去，我要親自看看關羽。」

說完，賈詡便去執行高飛的命令了。

巳時三刻，高飛騎著烏雲踏雪馬，帶著趙雲、魏延二將來到賈詡所設下埋伏的地方，視察了一番後，見一切都按照他的要求做，便滿意的點了點頭。

高飛望著正前方的官道上，臉上露出微笑，暗暗想道：「上次我抓了張飛，將他放了，是因為張飛是張飛。這次我若是抓了關羽，絕對不會放他回去，就算是囚禁，也在所不惜。」

回過頭，高飛望了趙雲一眼，對趙雲道：「子龍，今日就看你的了，上次我沒有看見你是怎麼殺了典韋，這一次，我要看見你是如何打敗關羽的。不過，這次有點難，因為你不能殺了他，要盡力活捉。」

趙雲皺起眉頭，「諾」了聲，心裡想道：「我等這一天也等很久了，記得黃巾起義時，我就遇到了張飛，當時在狹窄的山道中打得難解難分，既然關羽和張飛齊名，如果能夠打敗關羽，也就說明我能打敗張飛。」

魏延見高飛十分倚重趙雲，便不樂意了，也很嫉妒，當下抱拳請命道：「主公，若關羽來了，我想先會會他，看看到底是他的刀厲害，還是我的刀厲害！」

「文長有這份心就好了，只是你不是關羽的對手，不可亂來。」高飛制止道。

「主公莫不是小看我吧？我連呂布都不怕，還會怕關羽？」魏延抗議道。

「呵呵，你確實不怕呂布，不過，你別忘了，當年你和呂布交手，呂布把你打得遍體鱗傷，那關羽可是當著天下群雄的面斬殺呂布的人，實力不可小覷，你和他不在一個等級，單挑的事交給子龍即可。」

「可是我……」

高飛見魏延還想反駁，扭頭瞥了魏延一眼，不悅地道：「你難道連我的話都不聽了嗎？」

「屬下不敢！」魏延急忙解釋道：「只是，屬下有點不服氣而已……」

「你在我手下也有幾年了，我先讓你跟隨臧霸，又讓你跟隨黃忠，最後把你調到我身邊，始終不讓你獨自領兵，你可知道是為什麼嗎？」

「……」

魏延倒是沒想過這個問題，畢竟他還年輕，而且好勇鬥狠，從未想過其他的事情。

「我一直在磨鍊你，你是個領兵的將才，應該向張遼看齊，你和他的年紀差不多，張遼獨自領兵，用計攻占了陽翟城，成就一番大功，你要是能像張遼那樣，我就放心了。」

魏延知道高飛對自己用心良苦，這才說道：「主公的話，魏延銘記心中，以後定然不會讓主公失望。」

「嗯，這樣就好。有什麼不懂的，就多問問人，不恥下問才是好樣的。黃忠、太史慈、張遼、張郃、徐晃、臧霸、韓猛，這幾位都是領兵的將才，你沒事要多向他們學習學習，這並不羞恥，**羞恥的是，自己不懂還要裝懂**。我說的話，你明白了嗎？」

「明白了。」

這時，賈詡從一旁走了過來，說道：「主公，已經準備妥當，就等關羽帶兵前來了，這次除非他有神助，否則插翅難逃。」

「好，很好。大家都去準備吧，一會兒臨戰，可能會有一番惡鬥。」

「諾！」

烈陽高照，天地間沒有一絲的風。

在那通往陽翟的長長的道路上，一捲紅色從地平線上奔馳而來，火紅的駿馬背上馱著身材魁梧又氣宇軒昂的關羽，他身體的起伏與那片火紅的駿馬宛如一體。

那捲紅色剛剛馳過，身後便跟著黑壓壓的一片騎兵，那氣勢猶如萬馬奔騰。

關羽一馬當先，看到前面有一條窄小的道路，地上一片狼藉，便多了一分心思。

寂靜的道路上，一匹駿馬的長嘶聲響徹整個空曠的原野。

關羽勒住馬韁，驅馬走到路邊，看到路的一邊是一條小河，河上架著一座木橋，木橋很窄，估計一匹馬都很難容下。

木橋的上面和周圍散落著一些衣服，那些衣服他再清楚不過了，是燕軍的衣服。不僅如此，地上還散落著幾副盾牌和幾根長戟，像是倉皇落敗潰散逃竄的景象。

關羽扭過頭，看著直行的路，鋪滿了荒草，前面的道路彎彎曲曲的：他又看了眼道路的左邊，荒田裡的草都被全部砍斷，用來鋪就那條彎曲的路，有零星的荒草綿延到前面不遠一個廢棄的村莊。

他看到那個村莊時，眼前一亮。村莊裡冒著一縷縷濃濃的黑煙，朝空中徐徐升起。

「有埋伏！」關羽觀察完周圍的一切後，在心裡給出了結論。

他又環視一圈，見樹林邊立著一塊木牌，上面寫了幾個字，好奇之下，便策馬走了過去，但見上面寫著「此處有埋伏」五個大字。

此時，馬蹄聲漸漸逼近，三匹並列的戰馬排成一個長長的隊伍，馬背上的騎士都顯得有點疲憊。因為高溫，他們身上穿著的戰甲已經被烈日給曬得發燙，身上的汗水更是沾濕了衣服，裹在身上。

關羽也不例外，他的額頭上掛著汗珠，順著紅通通的臉頰流到了下巴上，然後匯成一滴滴黃豆般大小的汗滴，再從下巴沿著鬍鬚滴淌下去，最後落在路上的泥土裡，瞬間被乾裂的泥土吸收，消失的無影無蹤。

他的頭上戴著鋼盔，身上穿著一件連環束身甲，那層戰甲不像他身後騎兵身上的那麼厚重，顯得輕盈貼身，就連呼吸間胸部的起伏也能夠看得清楚仔細。

平常他很少披甲，尤其是在夏天，披上一層厚厚的甲會讓人很難受。他不披甲，是因為他自信沒有敵人能夠活著走到他的身邊。

他伸出手臂，用袖子擦拭了一下臉上的汗水，策馬朝荒田邊走了過去，一邊打量著周圍的環境，一邊在想著為什麼燕軍會露出如此多的蛛絲馬跡。

「敵人肯定是聽聞將軍親自帶兵前來，畏懼將軍的威名，從獨木橋那個方向跑了，我們趕快追過去吧！」

身為關羽部將，現任騎都尉的高幹，看了一眼散落著的衣服、盾牌和武器，喊道。

關羽喝道：「你懂什麼，兵不厭詐，這是敵人用來迷惑我們的。」

「將軍言之有理，敵人肯定是順著這條路回陽翟去了，在這裡故弄玄虛，不讓我們靠近陽翟，好爭取更多的時間進行布防！將軍，咱們沿著這條路，可以一直殺到陽翟城，現在追過去準沒有錯！」同樣身為關羽部將的裴潛道。

關羽冷笑一聲，駁斥道：「不懂得就別亂說，閉上嘴，某不會把你們當啞巴。敵人沒有你們想的那麼簡單，他們故意鋪就一條道路，是想迷惑我們。這個廢棄的村子裡能有煙冒出來，肯定是他們剛剛在這裡歇過腳，看我們來了，倉皇逃跑前急忙撲滅了火。跟我來！他們肯定是朝這個方向走了！」

隨著關羽的一聲令下，身後的騎兵便跟著關羽朝村子裡走了過去。

關羽一馬當先，奔到了村口，見村口的地上插著一根長戟，長戟上面綁著一個水囊，地上畫了一個圓圈，圈子裡寫著「小心埋伏」四個大字。

三個騎兵都尉也一起來到關羽的身邊，看到那四個字，又看到入村的道路崎嶇不平，窄小擁堵，心中不禁有點擔心，便道：「將軍，真的要進村嗎？」

關羽點點頭，看著入村的道路，倒塌的房屋掩蓋了整個道路，使得本就窄小的村子變得十分的擁堵。

他呵呵笑道：「這才是敵人的高明之處，告訴我們小心埋伏，其實是在恐嚇我們，讓我們不敢入村……」

「可是將軍，萬一這是個圈套，那該怎麼辦……」裴潛質疑道。

「就算有埋伏，憑某這身功夫，又能耐我何？」

「將軍，你是千金之軀，不宜輕易犯險，屬下願意帶領幾百人先去探路，要是真有埋伏，將軍再從外帶兵殺入不遲。」高幹自告奮勇道。

關羽將手擺了擺，道：「笑話，某是先鋒大將，你代替我去算什麼?!」

高幹一時詞窮，不知道該怎麼回答才好，便不再吭聲了。

關羽話說完，便縱馬飛馳而出，大聲喊道：「殺！」

廢棄的村莊中，高飛老遠便看見了關羽。

他見關羽騎著那匹紅色的駿馬朝村子裡來了，心中大喜，暗道：「太好了，來得正好。」

高飛湊到身邊魏延的耳朵旁吩咐了幾句，魏延聽了，臉上霎時湧現喜悅的表情，然後重重地點了點頭，緩緩地從高飛的身邊挪開了。

進入村子後，關羽一邊小心翼翼地走著，一邊左顧右盼。

他看到的是一個十分荒涼的村莊，一些黃土下面露出些許白骨。他嘆了口氣，道：「不知道這樣的戰爭要打到什麼時候……」

正感慨的時候，魏延突然從路邊衝了出來，看到關羽便是一臉的驚訝，然後提著手中的長戟便往村子深處跑去。

關羽見魏延跑了，大叫道：「哪裡跑？」

他緊握著手中的青龍偃月刀，然後雙腿用力夾了一下馬肚，便快速向魏延的方向奔去。

魏延邊跑邊大聲喊道：「關羽來了，關羽來了！」

隨著魏延的幾聲大叫，從廢棄的房屋中湧現出零星的士兵，他們身上都纏著繃帶，一看到關羽，拔腿便往村子裡跑。關羽一見這種場面，原先的擔心早已經不見了，大喝一聲，縱馬奔馳而出，緊追魏延等人。

裴潛剛帶著人走到村口，見關羽縱馬馳出，趕忙招呼身後的騎兵快點跟上，一面喊道：「將軍！千萬不可深入啊！」

關羽眼裡卻只有燕軍的這些殘兵，加上相信自己武力過人，哪裡顧得了那麼多，直接追了進去。

裴潛擔心地道：「糟糕！將軍太冒進了，萬一有埋伏的話，那就麻煩了。」

此時，大批的楚軍騎兵湧了進來，高飛為了這次伏擊能成功，特意做了很好的安排。

關羽本是追著魏延，魏延卻一閃身便不見了，十分的詭異。

裴潛隨後來到關羽身邊，提醒道：「將軍，此地殺氣重重，前面肯定有埋伏，咱們還是退回去吧！」

「混帳東西，某正準備建立奇功，你卻讓我退兵？這些個燕軍遺留下來的傷兵，能奈我何！」關羽不悅地罵道。

關羽聲音剛落，入村的道路中，魏延突然閃了出來，一邊跑著，一邊喊道：「關羽來了，大家快跑啊，關羽來了，大家快跑啊……」

關羽正愁找不到人，見魏延出來了，便取出一張弓，將早已拉滿的弓箭射了出去。

一聲弦響，那支長箭便向魏延飛了過去。魏延也早就做好準備，身子一閃，人又不見了，那支箭也和他擦身而過，卻沒有傷害到他。

「追！快給我追！」關羽見沒有射中魏延，策馬而出，大聲喊道。

關羽騎著那匹紅馬，那馬向前狂奔幾下便躍出好遠，關羽在馬匹躍過的地方，突然看到地上一道白線，他也沒有在意，見從正中央的水井邊湧出十幾個傷兵，便急忙策馬向水井趕去。

跟在關羽身後的那些騎兵，卻沒有關羽那麼幸運，他們經過那道白線的時候，所有的馬匹突然踩空，身體下墜，竟然陷在一個大大的土坑裡。土坑裡還插著尖尖的木樁，那些騎兵和馬匹一經陷落，便立刻身亡。

後面跟著的騎兵沒能及時停住腳步，也紛紛掉進了土坑裡，一瞬間，楚軍的騎兵便死了近百人。

關羽的馬匹剛奔到水井邊，便聽到身後人仰馬翻的聲音，回過頭，看到的竟是慘烈的一幕，讓他不敢置信。

路面上突然陷出一個大坑，這讓關羽覺得非常的不可思議，他見那坑非常大，若想逃回去，只怕很難。他正在猶豫該怎麼回去的時候，水井邊，柳樹下湧出幾十個士兵，為首一個便是魏延。

與此同時，道路兩邊殘破的房子裡，不斷有人拋出磚塊，楚軍還來沒反應過來時，便被那些磚頭給砸了個遍體鱗傷。

接著，成百上千支箭矢從房子裡射了出來，來不及撤退的楚軍騎兵瞬間便被射死了數百人。

「殺啊！」

突然兩邊同時喊出振奮人心的聲音，文聘領著士兵，持著盾牌、握著長槍從左邊衝了出來，褚燕領著士兵從右邊衝出。

中間的道路本來就很擁堵，文聘、褚燕等人一經衝出，便立刻撞向楚軍的騎兵，手中長槍也同時刺出，一時間便死傷大半。楚軍的騎兵卻被圍在中間，動彈不得，十分被動。

守在村外的楚軍士兵聽到村子裡的喊殺聲，立刻準備增援，他們看到擁堵的甬道，便全部下馬，提著弓箭便一陣亂射。

「嗖！嗖！嗖！」

楚軍的弓弦聲不斷響起，本來占上風的燕軍被這強大的箭陣給逼得退回了屋裡，只得找掩體掩護。同時，後援的楚軍也提著長槍闖了進來。

當楚軍闖進來後，燕陣停止了射箭，文聘、褚燕和士兵重新殺了出來，兩邊夾擊，將中間的楚軍士兵又殺死了一些。

褚燕剛刺死一個楚軍的士兵，對文聘說道：「仲業，這樣下去不是辦法，楚軍的人數實在太多了，我們在村莊裡埋伏的兵力有限，你趕緊去見主公。」

文聘聞言，立刻朝高飛所在的位置跑了過去。

高飛在一間坍塌的破屋子裡，審視著整個戰場，見文聘趕了來，立刻說道：「是不是快頂不住了？」

文聘點點頭，道：「楚軍人數太多，我軍在此埋伏的人太少，無法抵禦，請主公快讓援軍從背後殺來！」

「給賈詡發信號！」高飛扭頭對身後一名傳令兵道。

傳令兵聽到後，立刻向村子的邊緣跑去，站在一堵牆上，揮動著手中的大旗。

突然，一支利箭飛了過來，將那名傳令兵給射翻了過去，那士兵一聲慘叫，重重地摔在地上。不過，好在沒有射中要害，只是射中肩窩，那名士兵重新爬上牆頭，單手揮舞著大旗。

「噗！噗！噗！」一連三聲悶響，士兵身中三箭，他仍然繼續揮舞著手中的大旗，使出身上最後一點力氣，看到不遠處的樹林裡湧出燕軍的騎兵後，嘴上掛著微笑，終於體力不支倒了下去。

「殺啊！」

賈詡指揮埋伏在官道和樹林裡的士兵，見村莊那邊發來信號，立刻讓士兵從楚軍的背後殺了過去。

與此同時的村莊內部，高飛一扭頭看到了在水井邊奮戰的關羽，他被魏延和一百個士兵包圍著，青龍刀在手，赤兔馬騎在胯下，只見刀光閃閃，圍著關羽的士兵一個接一個的身亡。

他急忙對站在身邊的趙雲說道：「擒賊先擒王，你去對付關羽。」

趙雲一直在等待著這一刻的來臨，聽到高飛的命令後，立即綽槍上馬，從廢墟中穿梭了過去。

此時，水井邊。

魏延惡狠狠地盯著關羽，和其他士兵將關羽圍在中間。

關羽騎著赤兔馬，不停地在原地打轉，目光四處張望，眼裡也充滿了殺意，雙方形成了對峙狀況。

魏延見關羽騎著赤兔馬威風凜凜，心癢難耐，便讓人牽來一匹馬，棄戟換刀，翻身上馬，指著關羽道：「美髯刀王，我要和你決一死戰！」

關羽冷笑道：「哼！就憑你？還不夠資格！想死的話，我可以成全你！」

魏延聽了，怒道：「關羽！你休得猖狂，今天我魏延就讓你看看目中無人的下場，別人怕你，我可不怕你！」

關羽沒有答話，將青龍偃月刀橫在胸前，丹鳳眼裡射出兩道攝人的精光，勒住赤兔馬，站在正中央一動不動。

魏延見關羽如此蔑視自己，更是怒不可遏，大叫一聲便舉刀砍了出去。

「錚！」

關羽沒有動彈，見魏延攻了過來，單手舉起青龍偃月刀，很隨意的便將魏延的刀給撥開。緊接著，關羽順勢反擊，在魏延和自己擦身而過的時候，刀頭突然向後劈了過去。魏延大吃一驚，急忙用刀格擋。

「錚！」這一次，兵器的碰撞聲格外的響亮，魏延只感覺自己的手被震得發麻，就連手中的大刀柄端也被震得發出嗡鳴聲。

只一個回合，魏延便明白了他和關羽之間的差距，**那種差距，是他無法趕上的**。可是，他想抽身而出，卻是為時已晚了。

關羽不等魏延動作，雙腿用力一夾赤兔馬，赤兔馬迅速調轉身子，四蹄蹬地，突的一下子跑到魏延的背後。

「糟糕，這下惹火燒身了……」魏延見關羽從背後殺來，在心中大叫不好。

「刷！」關羽座下赤兔馬快，很快便追上了魏延，舉起青龍偃月刀，猛然劈了下去。

這一刀，猶如泰山壓頂，氣勢雄渾，看似簡單，其實卻蘊含著極大的威力，刀法之快，讓魏延無法躲閃，就連提刀遮擋的時間都不夠了。

眼看著自己就要命喪關羽刀下，魏延灰心地道：「難道我魏延就要命喪此地嗎？」

就在電光石火間，一道亮光刺向關羽的眼睛，讓他不由得眨了一下眼，與此同時，一桿銀槍刺斜裡殺了出來，橫架住關羽即將落在魏延身上的刀頭，原來是趙雲騎著白馬及時趕到，救下了魏延。

「錚！」關羽睜開眼時，見眼前早已換了一個人，趙雲鋼盔鋼甲，白馬銀槍，英俊瀟灑且又殺氣逼人的站在關羽的面前。

兩人相距不過一丈，四目相接的那一霎那，兩人都心照不宣。

「見過雲長兄！」趙雲拱手向關羽禮貌地拜了一下。

關羽見到趙雲，也收起一身的傲氣，因為**他明白這是個勁敵，不容得他有一絲一毫的懈怠**。

他同樣朝趙雲拱拱手，回禮道：「看來關某今天勢必要和子龍一戰了。」

「雲長兄還有別的選擇嗎？子龍可是期待了很久呢，難道子龍不值得雲長兄的期待嗎？」

「哈哈哈……」

關羽大笑起來，伸出手，捋了一下垂在胸前的那部長髯，一向眯成一條線的丹鳳眼完全張開，深邃的雙眸中泛出精光，道：「關某早就期待與子龍一戰，只是一直未得償所願，今天能如願，也是一大快事！」

趙雲環視一周，對關羽道：「此地空間狹小，恐怕不夠我們施展身手，不如到村外空蕩之處決戰，如何？」

關羽扭過頭，耳邊是村頭傳來的喊殺聲，他看到自己帶來的一千騎兵正和燕軍浴血奮戰，背後還殺來許多燕軍，料想未必能夠逃不出，便深吸了一口氣，大聲喊道：「都住手！」

吼聲如雷，震撼著每個人的耳朵，眾人紛紛將目光移向關羽。

「燕侯！關某知道你就在這裡，你處心積慮，無非是為了抓關某一人，與這些士兵無關，關某可以讓他們放下武器，請你善待之。」關羽大聲吼道。

高飛從藏身處走了出來，看到關羽雖然身處險境，卻是威風凜凜，氣度不減，正因如此，使得他看起來更偉大許多。

「關羽一向以義字為先，看來他也明白自己是決計走不出去了……」

高飛想了片刻，點點頭道：「你不說，我也會照做，不如你束手就擒吧，也省得麻煩。」

「哈哈哈……燕侯難道不希望看關某和子龍一戰嗎？燕侯將子龍放在這裡，不就是為了關某嗎？」

高飛確實是這樣想的，但是他擔心兩虎相爭必有一傷，萬一出了什麼閃失，那就得不償失了。

「你們都放下武器，燕侯不會為難你們的！」關羽向自己的部下喊道。

原本一千名的楚軍騎兵如今只剩下數百騎，高幹被文聘殺死，裴潛被褚燕砍傷，其餘的兵都受到不同程度的傷，個個鮮血沾身。他們聽到關羽的話，看了一下周圍的形勢，為了活命，紛紛丟下手中的武器。

關羽見狀，對趙雲道：「子龍，今日一戰，一定要分出個勝負！」

趙雲點點頭，道：「雲長兄，跟我來！」

高飛下令全軍撤出村莊，給趙雲和關羽騰出一個決鬥的地方。

趙雲騎著白馬走在前面，關羽跟在後面，所過之處，沒有人阻攔。很快，兩人便來到那片空地上，兩人對視良久，誰也沒有說話。

「想當年，呂布天下無雙，也是眾多英雄豪傑公認的第一神將。可是，眼前這個人卻殺了呂布，他的實力如何，我從未真切的瞭解過……」趙雲看著關羽，腦中陷入了思考。

關羽也同樣看著趙雲，心中暗道：「當年三弟曾經和他單打獨鬥，此人武藝超群，根本不在我和三弟之下。近日又殺了魏國雙絕之一的典韋，實力可見一斑，我需小心應付才是。」

兩人依然沒有說話，只是那樣的看著對方，比的是氣勢、勇氣和膽量，這一刻，兩個人會在一開始就使出全力，所以兩人都很明白，這一場戰鬥不會拖太久，二三十合之間必然會分出個勝負。

正當趙雲、關羽四目相對時，魏延從一旁跑到高飛的身邊，說道：「主公，關羽悍勇異常，剛才要不是趙將軍及時趕到，恐怕末將就要身首異處了。趙將軍也是勇猛無比，他們兩個此戰等於是兩虎相爭，何況兩個人的意圖很明確，一定要分出個勝負，有道是兩虎相爭，必有一傷，萬一趙將軍不敵關羽，不如……」

「你不用說了，我心裡有數，我想，他們兩個的心裡也應該有所覺悟。文長，你傳令下去，任何人都不能放冷箭，違令者，立斬不赦！」高飛知道魏延想說什麼，打斷了魏延的話。

魏延見高飛又了死令，便不再說話，將命令傳達了下去。

賈詡見趙雲和關羽對峙，忍不住對高飛道：「主公，那關羽可是殺了呂布的人，而且他還有赤兔馬，萬一趙雲他……」

高飛笑道：「軍師放心，趙雲的實力絕非你看到的那麼簡單，**別忘了，他可是憑藉自己的實力殺死典韋的人。**」

賈詡見高飛一臉自信，彷彿知道趙雲一定會擊敗關羽一樣，也不好再說什麼，只能靜觀其變。

烈日驕陽，熱氣蒸騰，圍觀的人們早已按捺不住，抹著額頭上的汗水，注視著趙雲和關羽，心裡暗暗想道：「都一刻鐘了，怎麼還不打啊，快打啊！這麼熱的天，兩個大男人有什麼好看的？」

可是，圍觀的人不知道，**趙雲和關羽從眼神和氣勢上，其實已經在暗中較量了。**

過了一會兒，兩人像是心有靈犀一般，同時策馬而出，大喝一聲，同時舉起手中的兵器，向對方衝了出去。

「錚！」一聲巨響拉開戰鬥的序幕，只是兩個人都沒有使出全力，這一次很平常的兵器碰撞，只是在試探對方。

一個回合就這樣平靜的結束了，沒有給人帶來那種一開戰就讓人熱血沸騰的場面，不同的是，兩個人換了一下位置。

「子龍，都別試探了，相信你我心裡也都已經有底了。」關羽面無表情地將青龍偃月刀橫在胸前，一手拽著馬轀，一手握著刀，冷冷地說道。

「很好，求之不得。」趙雲回道。

趙雲深吸一口氣，將體內的真氣提至頂峰，由雙腿把真氣灌入戰馬體內，人馬合一，如離弦之箭一般射了出去，白馬銀槍立刻化作一道白光。

第二章

是友非敵

「我和翼德兄、雲長兄一直都是是友非敵，可惜的是，劉玄德一直不肯相從，帶著你們兩個東奔西跑，結果卻一事無成。好在你們占領了荊州，總算有了個安身立命的地方。只是，荊州乃四戰之地，我很為荊州的情況擔心。」

關羽見趙雲迅疾的衝了過來，而且來勢洶洶，便鬆開了拽著馬韁的手，改為雙手握刀，因為他已經感覺到趙雲的那種氣勢，如果不使出全力進行戰鬥，他很有可能在幾個回合內就敗下陣來。

果不其然，趙雲一經進入攻擊範圍內，一桿望月槍便若舞梨花般的向關羽刺了過來。

關羽看到一桿大槍撲面而來，那桿長槍放著銀光，突破了時間和空間的限制，看似很慢，卻快得無法招架。

槍影連綿不絕，彷彿身體周圍有許多條槍向自己刺了過來。他睜大眼睛，青龍偃月刀陡然揮出，青光一閃，立刻迎上了白光。

「噹、噹、噹、噹……」

一連串的兵器碰撞聲不斷傳了出來，圍觀的人只看見兩團不一樣的光芒在閃爍，刀光槍影撲朔迷離，在太陽強光的照射下折射出許多光芒。

兩人一經開戰，毫無保留地將實力展現了出來，看得在場的人眼花繚亂。

高飛看得很仔細，他的身手也很不錯，但是相較趙雲、關羽便略顯不足，心想自己就算使出全力，也未必能夠達到這種巔峰。

突然，在刀光槍影中，一道青芒射出，迅疾地奔向趙雲的面門，**關羽帶著一**

身的傲骨，帶著一生的承諾，帶著不可思議的一劍，嘴角露出一抹微笑。

高飛看到之後，立刻注意到那道青芒是關羽抽出的腰中佩劍所致，他眼力非常的好，當那道青芒射出，便狐疑地道：「青釭劍？」

戰鬥中的趙雲早已注意到關羽的這一舉動，在關羽一隻手突然離開刀柄的時候，他就有了預感。此時，青芒撲面而來，猶如泰山壓頂，氣勢雄渾。

趙雲不慌不忙地將長槍抽回了一點，用極為輕快的手法將長槍刺斜上撩，槍尖直接和青釭劍的劍尖碰撞了一下，使得青釭劍偏離行進的軌道，而他的槍尖卻直直地朝著關羽的面門刺了過去。

關羽大吃一驚，沒想到趙雲會看破自己的這記殺招，眼看趙雲槍尖刺來，急忙側過了頭，同時將手中的青龍偃月刀給擋在面前。

「錚！」一聲極為響亮的兵器碰撞聲在天地間響起，關羽只覺得自己握住青龍偃月刀的手臂被那一槍刺得險些將兵器脫手，若非他座下戰馬早已和他心靈相通，迅速地馱著他朝後退去，恐怕他飛要從馬背上跌落下來不可。

兩個人再次分開，這一個回合無比的精彩，看得圍觀的人目瞪口呆。

「**關羽取巧，卻不想趙雲比他更巧**，一槍刺出，不僅化解了自身的危機，反而將關羽也給逼退，此招實在用得巧妙。」高飛看後，心中暗暗讚許道。

關羽看著趙雲橫槍立馬，在他後退的時候並沒有進行攻擊，很佩服趙雲這種不落井下石的境界。**只這一招，他就知道趙雲絕非等閒，甚至有可能在他之上。**

「俗話說『年拳，月棒，久練槍』，子龍能將槍法的精髓掌握的如此牢固，實在是一個一等一的高手，關某佩服佩服。」

關羽的一身傲骨蕩然無存，本以為自己使出全力，便能在幾個回合內結果了趙雲，沒想到反而被趙雲給逼退。

他很少佩服別人，但是今天，他卻當著眾人的面誇讚了趙雲，並且表示自己的佩服，實在是前所未有的事情。

「雲長兄過獎了，剛才在下只是僥倖而已。雲長兄尚且積存了些實力，何不全部拿出來與我一較高下？若是能死在雲長兄的手中，子龍此生無憾。」

趙雲心裡很清楚，自己雖然占了上風，但是並不能說關羽就只有此等實力，如果真是這樣的話，關羽又何以殺得了天下無雙的呂布！於是，他認定關羽並未使出全力，最多只用了八成。

關羽沒有回答，將青釭劍插在刀鞘裡，伏在馬背上，輕輕地撫摸了一下赤兔馬的鬃毛，對座下的赤兔馬小聲說道：

「趙雲的確是一個強敵，當日我殺了呂布，成就了我美髯刀王的稱號，可是，誰也不知道，**並非是我殺了呂布，而是呂布要死在我的刀下**，他本來有機會閃躲的，可是他沒有。當時我並不明白他為什麼要那麼做，直到今時今日，我才漸漸明白他的心境。馬兒啊馬兒，如今我已經被包圍，何況還有一個趙雲死死地纏著我，縱然有你，也未必能夠逃脫，不如**今日就讓我效仿呂布吧……**」

話音未落，赤兔馬突然發出一聲長嘶，兩隻前蹄高高抬起，將馬背上的人險些甩了下來，若非關羽抓得緊，肯定會跌落馬下不可。

他明白赤兔馬為何如此激動，是因為害怕失去了主人，他再次撫摸著馬的鬃毛，安撫道：「今日，你就隨了我的意願吧，我死之後，你可以給趙雲當座騎……」

片刻之後，關羽重新抖擻了下精神，提起真氣，「駕」的一聲大喝，便衝了出去。

赤兔馬動了，火紅的鬃毛隨風揚起，四蹄生風，向趙雲奔馳過去。

關羽緊貼馬鞍，人馬合成一體，風聲在耳邊呼嘯而過，他看到趙雲舉槍而來，嘴角便露出微笑，心中暗道：「就讓我成就你吧……」

天地間一派肅殺，整個戰場靜寂異常，烈日驕陽底下，一團紅色的炙焰快速地向著趙雲奔去。

紅臉的關羽伏在赤兔馬的背上，人馬合一，只能看見那寒光閃閃的刀光。

赤兔馬在快要奔馳到趙雲面前時，突然騰空躍起，高高地從趙雲的頭頂跨過。就在此時，伏在馬背上的關羽也坐直了身子，雙手握刀，深邃的雙眸中充滿了殺意，同時大喝一聲，鬚髮倒張，青龍偃月刀猛然砍出，一記「力劈華山」勢不可擋。

「這才是關羽的真正實力！」

趙雲見到這一幕，體內熱血沸騰，將真氣提至巔峰狀態，準備全力迎戰。

關羽的刀光隨風而起，青龍偃月刀寒光閃閃，高速地向著趙雲的脖項掠去，空中飛起一道淒美的弧線。

倒吸一口冷氣的趙雲一個巨蟒轉身，讓過來刀，槍走偏鋒刺向關羽的雙手，隱約中，他覺得關羽的刀似乎慢了一點……

「喀！」一個照面，趙雲的右護肩被大刀掠過，鋼製的護甲被青龍刀瞬間劈下。

「好險！」趙雲心中暗叫。

關羽心頭一緊，從刀勢上說，剛才一刀本來勢在必得，可是趙雲的反應速度也太快了點，快得超乎了他的想像。

「噹！」關羽急忙提刀遮擋，同時身體隨著赤兔馬開始下墜，一個回合就這樣有驚無險的結束了。

「轟！」赤兔馬落地，四蹄在地上砸出四個坑洞，滑行好長一段距離才調轉了身子。

「好刀法！雲長兄，這才是你真正的實力，哈哈哈……再來！」

趙雲肩膀上的護甲被青龍刀削掉，雖然沒有受傷，但是剛才那一刀讓他領略了關羽的實力，也讓他體內熱血沸騰了起來，真氣流竄，整個人達到狀態的最巔峰！

關羽看著一臉自信的趙雲，不禁皺起了眉頭。他強提了下精神，暗暗地蓄積勁力，心中想道：「**既然我將此戰看做此生的最後一戰，那就全力而戰吧，我絕對不能輸！**」

「駕！」關羽一聲大喝，赤兔馬飛奔而出，揮著青龍偃月刀向前猛撲了過去。

趙雲也毫不示弱，使出自創的「暴雨滅魂槍」，迎上關羽。刀槍並舉，光華繚繞，兩馬盤旋，二將你來我往，「叮、噹、錚」之聲不絕於耳……

疾風般掠過的身影，千萬人凝聚的殺氣，關羽和趙雲的交戰當場震駭所有圍觀的人。

刀光槍影，紅白相間，火紅的赤兔仰天一聲長吟，白雪一般的駿馬也同樣發出一聲長嘶，像是在各自為自己的主人吶喊。

此時，赤兔馬再次騰空躍起，馬背上的關羽將鬥志與刀意已經聚合至頂峰，手中的青龍偃月刀遙指天空中的北斗，刀氣驚天。

他於半空之中將青龍偃月刀再次劈下，不同的是，這一次卻是快速的連續劈了五刀，刀光閃閃，寒氣逼人，饒是在這樣的燥熱的天氣裡，圍觀的人看得也都倒吸了一口氣，不禁為趙雲擔憂。

「**五嶽華斬！**」一聲斷喝，天音雷震，刀氣縱橫，吞噬天地的刀意向著趙雲撲面而去。

趙雲久經戰陣，臨危不懼，不躲不閃，將望月槍一抖，瞬間點出七槍，迎上關羽的五嶽華斬，同時他從馬背上縱身而起，登時在剛才點出七槍的基礎上又使出了暴雨滅魂槍最為精要的一招，一時間滿天都是槍林彈雨，銀光閃閃，竟能用長槍使出只有暗器中才有的招數，天女散花亦不過如此！

「暴雨滅魂！」

巔峰的對決，關羽和趙雲使出了平生最厲害的招數，只求一招定輸贏！

青龍偃月刀劈風而落，關羽長髯飄舞，深邃的鳳目顯出了必勝的信念！

趙雲一聲長嘯，斜斜翻身掠起，同時臉上露出自信的笑容，感嘆對手難尋！

「噹！噹！噹！噹！噹！噹！噹……」

兵器的碰撞聲在一瞬間快速的響起，刀光槍影將兩個人完全罩住，讓圍觀的人都看不清楚。

突然，趙雲的鋼盔落地，被關羽的刀氣一分為二，頭髮被刀風振起，向後輕揚……緊接著，一道紅光出光，鮮血從空中濺下……

「錚！」最後一聲兵器的碰撞聲響起，響徹天地，兩個人的兵器同時飛向了高空，然後墜落而下，深深地插在地上，兩人也在瞬間分開。

關羽伏在赤兔馬的背上首先落地，在地上砸出了一個大坑。緊接著，趙雲散落著頭髮，額頭上掛著幾滴血珠，從空中重重摔了下來。

「轟！」一聲悶響，趙雲著實地摔在地上，鋼製的盔甲上出現了不同程度的刀痕。

這讓高飛顯得有點吃驚，為什麼會是趙雲從空中摔了下來，而且趙雲的額頭上還帶著血絲。

他二話不說，急忙策馬跑了過去，烏雲踏雪馬迅速地奔馳到趙雲的身邊，高飛從馬背上翻身而下，伸出雙臂摟住趙雲。

只見趙雲一臉的疲憊，眼睛似睜還閉，額頭上血花模糊，盔甲上刀痕累累，登時讓他心中產生了極大痛楚，用力地搖晃著趙雲，撕心裂肺地喊道：

「子龍！子龍！子龍……」

「咳咳咳……」趙雲猛然一陣咳嗽，臉上現出榮耀之色，道：「主公，子龍不負重望，終於……」

就在這時，赤兔馬突然發出一聲悲鳴，那聲音極為淒慘，響徹整個天地，同時也蓋過了趙雲微弱的聲音。

高飛沒有聽到趙雲說什麼，伸出手掌將趙雲額頭上的鮮血抹去，一抹之下，登時怔住了，趙雲的頭部並沒有傷痕，而且全身上下沒有一處出血的地方，只手掌上有著些許輕微的擦傷，磨破了皮而已。

「子龍沒傷，那這血是……」高飛心中暗暗一驚，急忙扭頭向另外一側看了過去。

但見赤兔馬的馬肚子正不斷地向下滴著血，關羽已經緩緩地坐直了身子，只見他血透重甲，肩窩那裡有個窟窿，正汩汩地向外冒血，傷臂也已經鮮血淋淋，整個手臂都已麻木，長髯不再飄逸，表情不再孤傲，嘴角上掛著血絲，鳳目中一陣失落。

「關羽……敗了？」

高飛看到這一幕，心中登時浮現了一種莫名的激動。

趙雲從地上勉強地爬了起來，若非他身上穿著鋼甲，只怕也是遍體鱗傷。在高空中迎戰騎著赤兔馬的關羽，他拼盡了最後一絲真氣，以至於戰勝關羽之後身體失去了平衡，全身也很疲憊，直接從空中墜落下來，重重地摔在地上。

高飛攙扶著趙雲，他心裡明白，如果是在陸地上，趙雲根本不會在大戰之後變得如此虛弱。他扭頭看著受傷的關羽，朗聲問道：「關雲長，你敗了，還有什麼話可說？」

關羽的半邊身子被鮮血染紅，原本通紅的臉膛變得稍微有點慘白，抬頭望著寂寥的蒼天，重重地嘆了一口氣，神情竟是如此的落寞，淡淡地說道：「我敗得心服口服，已經無話可說，你們要殺要剮，就請悉聽尊便吧。」

「扶子龍下去休息！」高飛轉身對身後的幾名士兵道。

幾個親兵立刻將趙雲攙扶走，賈詡趁這時走到高飛的身邊，說道：「主公，關羽乃劉備義弟，此時已經插翅難飛，若不能招降，也不能放其歸去，必要時，可以殺之。」

高飛明白賈詡的心思，面無表情地說道：「我自有分寸。」

話音一落，高飛向前走到青龍偃月刀和望月槍同時墜地的地方，先拔出望月槍，拋給手下親兵，接著便走到青龍偃月刀的前面。

青龍偃月刀的刀身已經沒入泥土，只露出刀柄在上面，饒是如此，高飛伸手握住青龍偃月刀時，還是有著一種異樣的感覺。

「起！」高飛雙臂緊握著青龍偃月刀，使出渾身力氣向上拔，重達八十二斤的冷豔鋸便被他從泥土中拔了出來。

一經入手，只覺得沉重異常，他不禁佩服起關羽的臂力來，沒有力拔山兮氣蓋世的舉鼎之力，根本無法將此刀舞動得虎虎生風。

他輕撫了一下青龍偃月刀，見刀光森寒逼人，刀鋒鋒利無比，而且和趙雲一番打鬥後，竟然完好無損，不禁地稱讚道：「好刀！」

說完，高飛將青龍偃月刀扛在肩上，朝著正在流血的關羽走了過去。

「主公不可近前，關羽雖然無刀，其身手也不可小覷……」賈詡見狀，一邊追趕高飛，一邊喊道。

高飛停下腳步，對賈詡道：「軍師不必多慮，我素知雲長傲上而不忍下，欺強而不凌弱，恩怨分明，信義素著，**我以國士之禮待他，他又怎忍加害於我？**沒有我的命令，誰也不准向前一步。」

賈詡心道：「主公如此，如若我是關羽，必然會傾心相投。關雲長，你可知道，主公這樣做，一切都是為了得到你嗎？」

高飛轉身，繼續朝受傷的關羽走了過去，一邊走，一邊說道：「雲長兄，讓你久違了，**這一戰，真是曠世之戰**，比之我曾經在虎牢關前見到的大戰更加精彩。你美髯刀王的美名，果然名副其實，接刀……」

話音一落，高飛便將肩膀上的青龍偃月刀拋給關羽。

關羽伸出左臂，一把抓住青龍偃月刀，胡亂在身前揮舞了幾下，見高飛面帶笑容的朝這邊走來，他將青龍偃月刀橫在胸前，大聲喝道：「站住！再往前一步，就別怪我不客氣了！」

高飛沒有止步的意思，繼續向前走，從懷中掏出一小瓶藥，朝關羽拋了出去，大聲地說道：「此乃療傷專用的金創藥，是用兒茶、血竭、冰片、乳香、沒藥、樟腦、麝香等好幾種藥材研磨而成，有止血的功效，你將此藥灑在受傷之處，便可止住你身上的血，我可不想你流血過多而死。」

關羽右臂無法抬起，見金創藥飛了過來，張開嘴巴咬住那一小瓶的金創藥，他見高飛對自己如此的好，而且好得有點過分，不知道為什麼，心中生起了一絲暖流。

可是，就在這時，他的腦海中浮現出劉備的身影，桃園結義的盟誓還在，縈繞在耳邊，讓他久久不能忘懷。

突然，關羽的眼中掠過一絲殺機，看著正一步步逼近自己的高飛，想起臨行前劉備對自己的交代，讓他不敢因私廢公，左手緊握著的青龍偃月刀也在胸前微微發顫，突然他將刀鋒對向了高飛，一刀便猛劈了過去。

「主公小心！」魏延見狀，急忙大叫一聲，同時拉開弓箭，射出了一支羽箭。

「啊！」關羽吐出咬著的金創藥，大叫一聲，猛然揮出的青龍偃月刀的刀鋒剛走到一半便突然停止了下來，他仰天大嘯，用力地將青龍偃月刀給扔了出去，同時抽出腰中繫著的青釭劍，一道青芒射出，在空中劃了一個弧形，劍鋒便架在了自己的脖子上。

與此同時，魏延所射出的一支箭矢也飛快地透進了關羽的甲衣，牢牢地插進了他後背的肩胛骨，使得他傷上加傷。

「呃……」關羽輕微地叫了一聲，臉上浮現出一絲痛苦後便轉瞬即逝，他看著高飛，大聲地喊道：「為什麼！為什麼你要對我這麼好，我們是敵人，是敵人！你知道嗎？」

高飛主動停下了腳步，他此時和關羽相距不到一米，他非常的瞭解關羽，義薄雲天的關羽是不會在這種情況下加害自己的，如果他真的那樣做了，那就不是關羽了。

古人都很注重聲名，關羽尤其甚。在古代，擁有一個好的名聲，你就可以行遍天下，反之，聲名狼藉者則寸步難行。

徐州的快速拿下，就是對聲名狼藉者一個最好的印證。當然，曹操在兗州一帶的名聲還是相當好的，地域的不同，所以他的褒貶也不一。

高飛看到關羽把劍架在自己的脖子上，似乎是準備自刎，而且他也從關羽的眼睛裡看出來了一絲求死的歪念，所以他不敢再靠近，主動停了下來。

「雲長兄，難道我為你做的一切，都還不明白嗎？來我的帳下吧，我會給你一個很好的未來……」

「你別說了，這是萬萬不可能的事情，我和大哥、三弟有桃園結義的情誼，相約共同生死，不棄不離，我既然已經了了心願，又敗在趙雲之手，我也再沒有什麼牽掛了，**除了用死明志，我還能有什麼？**」

「你還有未來，屬於你自己的未來。如今漢室被馬騰篡竊，**你一向以大義為**

重，難道你就不想恢復漢室的江山嗎？」

「我想，可是卻不能和你一起，我只能和我大哥一起，我大哥是漢室宗親，理應率領天下群雄共同討伐馬騰。可是，有你在，會成為我大哥的絆腳石。別忘記了，私自扣留傳國玉璽，率先稱王的可是你，正因為有你這樣的人在，漢室的江山才會四分五裂。殺了你，漢室的江山就會恢復正常……」

「哈哈哈……你真的那麼認為嗎？」

高飛對關羽幼稚的想法反駁道：「漢室頹廢，天下瓦解，這是一個朝代進行到最終的體現，**哪裡有壓迫哪裡就有反抗，黃巾起義的浪潮就是對漢室最大的諷刺**，只不過，這幫起義的人選錯了道路。再觀黃巾起義之後，群雄割據，諸侯並立，漢室天下早已經名存實亡，**凡有志之士盡皆遍尋明主，以求在此動盪的年代蒙求一個席位，我高飛如此，劉備如此，你關羽也是如此，不是嗎？」**

關羽無語，陷入了沉思當中。

「我現在就站在你的面前，你可以隨時下馬將我斬殺，可是在斬殺我之前，我想讓你弄清楚一件事，我一旦死了，燕國將會四分五裂，我致力的長期和平就會瞬間土崩瓦解。燕軍看似強大，其實內部矛盾重重，如今我又拿下了中原，勢力範圍直接擴大了一倍，如何讓在我管轄之內的百姓過上幸福的日子，這才是我要去做的。我知你喜歡讀《春秋》，如今燕國千萬的黎民百姓和數年的和平都掌握在你的手中，何去何從，請你自行定奪。」高飛見關羽不答，繼續說道。

「……」

關羽此刻腦子裡卻一片空白，他不知道該怎麼做，高飛的一席話打動了他。他之所以和劉備、張飛桃園結義，就是為了要拯救大漢，拯救天下黎民於水火當中。劉備以百姓為先，天下信義為主的理念打動了他，讓他毫不猶豫地選擇跟隨劉備。

此時，一個同樣背負著和劉備一樣理念的人站在他的面前，他不知道該何去何從，一時間迷失了方向，在心裡捫心自問道：「燕國確實相較其他地方要穩定，在勢力範圍內，竟然連反叛都看不到……」

「世人笑我太瘋癲，我笑世人看不穿。」高飛趁熱打鐵，見關羽陷入迷茫之際，向前走了兩步，做出引頸就戮的模樣，說道：「雲長兄，動手吧，我聽說刀快的話，會沒有一點痛楚，不知道是不是真的。」

「啊——」

關羽仰天一聲長嘯，青釭劍在手，在空中猛揮了十幾下，發洩了內心的一股悶意之後，突然將劍尖指向自己的心臟，對高飛說道：

「高子羽，今日我關羽雖敗猶榮，然而，桃園結義不能忘卻，此時殺你又會陷我於不義……請善待天下百姓！」

話音一落，關羽便猛然握劍朝自己心臟的位置猛地刺了進去……

高飛見關羽要自盡，「刷」的一聲，急速抽出腰中佩劍，一劍朝關羽揮了過去，在電光石火間將關羽手中的青釭劍給擊落，青釭劍遠遠地飛向了空中。

「你這個懦夫！」高飛將手中長劍插回劍鞘，恨恨地罵道。

關羽聽到高飛的叫罵後，臉上泛起了怒意，他向來不畏懼死亡，打仗總是衝在前面，說他是懦夫，無疑是對他最大的一種侮辱。

他怒視著高飛，朗聲道：「我是敗給了趙雲，但我絕對不是一個懦夫，我連死都不怕！」

「哼！」高飛譏諷道：「是啊，**你連死都不怕，為什麼還要自殺？是害怕沒有臉再存於天地間嗎？**」

「我……」

「既然你死的勇氣都有，還怕活著嗎？難道在你的眼裡，生命就那麼不值錢嗎？」

高飛說完，轉身指向周圍圍觀的將士們，對關羽道：「你睜大眼睛好好看看！這些人有哪個怕死了？他們就算遇到再困難的事情，也絕對不會輕易的死去，只會想方設法的將困難解決掉。可是你……你的這種自盡的行徑完全是一種懦夫的表現！」

被高飛的話這麼一激，關羽甚至連自盡的權力都沒有了，他完全呆在那裡，任由鮮血一點一點的滲出，從而染透了整個身體。

面色蒼白的他，腦海一片混亂，他敗了，敗得一塌糊塗，除了用死來解脫自己以外，他還能做什麼？

孤身一人陷入重重包圍之中，若是以前，他會憑藉著自身的勇武，選擇毫不猶豫的殺出去。可是今天，他引以為傲的武功卻敗給了趙雲，整個人完全喪失了鬥志。

高飛從地上撿起那瓶金創藥，好在沒有摔碎，走到關羽身邊，將金創藥灑在關羽的右臂肩窩上。

他看著那個被趙雲刺中的血窟窿，不禁皺起了眉頭，傷勢並不太嚴重，顯然是趙雲手下留情了，不然，以趙雲精妙的槍法，那一槍刺中的應該是關羽的喉頭。

片刻之後，關羽的傷口就不再流血了，金創藥的止血功效十分有用，同時他也感到一股涼意從傷口處向四周擴散。

他迷離的眼神望著近在咫尺的高飛，竟然絲毫看不透這個人在想什麼，那一雙炙熱而又深邃的雙眸，也正在緊緊地注視著自己，彷彿把他的內心都看穿了一樣。

他在想，**高飛這樣的人，與之為敵，會是最強大的敵人，與之為友，卻又是最貼心的朋友。**

一時間，關羽處身在此時此景當中，竟然忘卻了敵我。

兩人對視一陣後，面色慘白的關羽終於蠕動嘴唇，問道：「為什麼？」

「因為你不該死，僅僅如此。」

關羽臉上現出一抹微笑，只覺得眼前的高飛越來越模糊，緊接著自己的身體也輕飄飄的，好像在向一側倒下。

他眼前一黑，虛弱的身體登時從赤兔馬的背上側翻了下來。

高飛急忙伸出雙臂，將因失血過多而昏迷過去的關羽給橫抱了起來，看著臂彎中的關羽，他覺得他成功了，就算日後關羽不會主動投降，也決不會讓他輕易的離開自己的身邊。

高飛笑了起來，發自內心的笑，仰望蒼天，內心充滿了無比的喜悅：「哈哈哈……」

「二哥！」笑聲突然被打斷，張飛騎著一匹快馬，手持丈八蛇矛，突然從燕軍的背後奔了出來。

高飛見張飛單槍匹馬前來，不知道為何，他的內心再次悸動起來，立刻叫道：「給張將軍讓開一條道路！」

燕兵讓開路，張飛策馬狂奔進包圍圈。

高飛見張飛來了，內心狂喜不止。可是，當張飛一點一點的接近他時，他臉上的喜悅慢慢的黯淡下來，因為他看到張飛滿臉怒氣，黝黑的臉膛上充滿了殺氣，雙目中放出攝人心魄的凶光，寒光閃閃的丈八蛇矛也被他緊緊握住，**這貨竟然是來找他拼命的**。

他立刻意識到是因為什麼，自己抱著昏迷不醒的關羽，張飛肯定是以為自己殺了關羽。

張飛一邊奔馳著，一邊撕心裂肺的吼著：「二哥！二哥！」

「主公小心！」

與此同時，賈詡、趙雲、魏延、文聘、褚燕以及圍觀的燕軍幾乎同時大喊了出來。

高飛看到黑面煞神張飛挺著鋒利的丈八蛇矛向自己而來，立刻說道：「翼德兄，你聽我解釋，雲長兄他……」

「嗖！嗖！嗖……」

無數箭矢朝張飛射了過去，為了解救高飛，士兵扣動了連弩，而趙雲拖著疲憊的身子再次翻身上馬，夥同賈詡、魏延、文聘、褚燕等人一起向高飛奔馳而去。

可是，一切都為時已晚，張飛撥落了些許弩箭後，已然衝到攻擊高飛的範圍之內，手起一矛，便刺了出去。

突然，赤兔馬竄了出來，猛地撞向張飛的座下馬匹，發出一聲長嘶。

張飛突然遭受到猛烈的撞擊，整個人從馬背上跌落下來，本來矛頭對準的是高飛的喉頭，可是被赤兔馬這麼一攪和，丈八蛇矛偏離了原來的軌道。

寒光從高飛的面前閃過，他完全可以躲閃，可是他沒有，蛇形的矛頭鋒利無比，加上猛烈的衝擊，直接透過他肩膀上鋼製的護肩，「噗」的一聲悶響，刺進了他左臂的肩窩，登時鮮血直流，而他整個人也向後飛了出去。

在即將落地的時候，他抱緊關羽，同時用力的在空中轉了一下身子，使自己的背部著地，讓關羽跌落在他的胸口上。

高飛在地上滑出一段距離，使地上留下一段長長帶血的拖痕，強烈的痛楚占據著他身體所有的感官，同時覺得體內氣血翻湧，有什麼東西塞住了喉嚨，難受至極。

他「哇」的一聲張開嘴巴，從嘴裡吐出了鮮血，眼睛卻看著同樣跌落在地上的張飛，表情難受的道：

「翼德兄，你誤會我了⋯雲長兄他⋯⋯他只是因為失血過多⋯昏迷過去了⋯我⋯我沒有殺他⋯⋯」

「二哥他⋯⋯沒有死？⋯⋯」

張飛聽到此話後，終於知道赤兔馬為什麼要阻止自己了，看到關羽的胸口還在起伏，肩膀上的傷也被治理過，他伏在地上，腦中一片空白。

再看看被自己刺傷的高飛，心中愧疚萬分，心想，如果不是赤兔馬及時衝撞過來，他那一矛刺下去，高飛必死無疑。

他用不解的目光望著高飛，問道：「你明明可以躲開，為什麼還讓俺刺你⋯⋯」

高飛只是淡淡地笑了下，並未做出解釋。

「你倒是說話啊！」張飛見高飛不吭聲，反而更加迷茫了。

這時，燕軍的將士們同時趕了過來，許多道寒光在張飛的面前閃過，長槍抵住張飛的身體，刀劍架住張飛的脖子，只要張飛敢亂動，立刻會血濺當場。

「我殺了你！」魏延翻身下馬，舉起手中的大刀便要朝張飛的頭上砍去。

「文長住手！」高飛看到這一幕，急忙阻止道。

此時，賈詡、趙雲、文聘、褚燕都圍在高飛的身邊。

趙雲看了一下高飛的傷口，見向外翻起的皮肉邊緣呈現出黑色，就連流出來的血也有點不太正常，不禁皺起眉頭，扭頭看向張飛，喝問道：

「張飛！枉我平日你對你敬重萬分，沒想到你竟然如此卑鄙！在你的兵器上淬毒，這種行徑，還稱得上是大丈夫嗎？」

「淬毒？俺怎麼會……」

張飛急忙看了眼自己被燕軍士兵踩在腳下的丈八蛇矛的矛頭，但見上面有一層微微泛黃的液體，**他不知道為什麼會這樣，這丈八蛇矛一向是貼身之物，誰又能悄無聲息的從他手中拿走，並且淬上毒液呢？**

賈詡一面用金創藥給高飛止血，一面對高飛道：「主公，你的傷勢不輕，應該立刻就醫，何況你的傷口已經中毒，耽擱一會兒便會有生命危險。關羽、張飛就交給屬下處置吧，子龍，你速速騎著烏雲踏雪馬將主公送回陽翟城，請軍醫進行治理。」

說完這番話，賈詡站起身，剛向前跨出一步，便有一隻手抓住自己的腳踝，扭頭看去，竟然是高飛。

「軍師，我沒事，有些事必須由我來做。」

高飛強撐著身體，在趙雲的攙扶下站了起來，同時橫抱著關羽走到張飛的面前。

「翼德兄！如今你已經是第二次成為我的階下之囚，你可願意歸順於我？」

高飛望著被兵器抵住全身的張飛，強忍著疼痛，輕聲地問道。

「俺若歸降於你，就是對不起大哥，你還是殺了俺吧。」張飛堅決地說道。

「那若是沒有劉備呢？」高飛再次問道。

張飛望著高飛，心中泛起了漣漪，眼神也變得漸漸渙散，低下頭，自言自語地道：「如果沒有大哥……或許……」

說到這裡，他突然抬起頭，眼神凶狠地說道：「總之，你若是殺了俺大哥、二哥，俺就算做鬼，也不會放過你！」

高飛嘆了一口氣，搖了搖頭，輕聲地說道：「都退下，放他走！」

「主公，不能放啊，關羽、張飛等同於劉備的左膀右臂，現在抓了他們兩個，就等於斷了劉備的兩個臂膀，即使主公不想殺他們，也不能放他們走。放了他們，就等於放虎歸山啊！」賈詡臉色一寒，急忙勸阻道。

緊接著，魏延、文聘、褚燕以及其餘在高飛身邊的將士們都異口同聲地喊道：「請主公收回成命！」

趙雲攙扶著高飛，嘆了口氣道：「主公，眾怒難犯，張飛一旦離開，必然會帶著關羽走，到頭來，還是要與主公為敵，要麼主公現在就殺了他們兩個，以絕後患，要麼就將他們囚禁起來，永遠也別放回去。劉備斷了臂膀，楚軍必然會受到波及，何況劉備帳下無甚名將，到目前為之，除了關羽、張飛，只有嚴顏和田豫能擔當大任。留下關羽、張飛也是削弱劉備的一種手段，主公只要善待此二人，日久生情，必然能讓他們兩個真心歸附。」

高飛很清楚劉備、關羽、張飛三人之間的致命羈絆，同樣知道曹操上馬金下馬銀的竭力收買關羽，可到頭來，關羽還是走了。

「留下他們的人，卻留不住他們的心，他們的心在劉大耳朵那裡，強行留下，也沒有什麼意思。都閃開！」

高飛掙脫了趙雲的攙扶，橫抱著關羽，將昏迷中的關羽放在赤兔馬的背上，同時吹了一個響哨。

聽到哨音，高飛座下的烏雲踏雪馬便跑了過來，士兵無人敢阻攔，讓開一條道路。

高飛見烏雲踏雪馬乖乖地來到了身邊，愛惜地撫摸了一下馬背，然後扭頭看著張飛，說道：「翼德兄，這匹烏雲踏雪馬，本來就是送給你的，上次鉅鹿澤一戰，你為了救我，把這匹馬給了我，現在回想起來，兩年前的事情彷彿就在昨天一樣。今日我們既然在此遇到，這匹烏雲踏雪馬，我就送還給你，你騎上牠，帶著雲長兄趕緊回去吧，東吳已經開始全面攻打楚國，你們要是不趕緊回去，只怕荊州就會丟了，江東猛虎勢不可擋，我想你也見識過孫堅的厲害，我可不想你們再無家可歸，到時候指不定又跟著劉大耳朵流浪到哪裡了呢。」

這個時候，燕軍士兵撤去了兵刃，張飛坐在地上，緩緩地站了起來，看了一眼高飛身後的那匹烏雲踏雪馬，兩年不見卻依然是那麼的健壯，一向喜愛馬匹的他登時心花怒放。

不過，他並沒有表現在臉上，因為他看到高飛周圍的每一個人都對他充滿了敵意。

「你就這樣放我走，難道你不怕以後我帶兵來攻打你嗎？我們現在不是敵人嗎，你對敵人手下留情，就不怕會產生後患嗎？」

張飛粗中有細，知道高飛的部下不會輕易的放自己離開，便用話激高飛。

「我和翼德兄、雲長兄一直都是是友非敵，我也曾經多次徵召你們加入我的部隊，我們一起上陣殺敵，可惜的是，劉玄德一直不肯相從，帶著你們兩個東奔西跑，結果卻一事無成。不過好在你們夠幸運，占領了荊州，取代了劉表，總算有了個安身立命的地方。只是，荊州乃四戰之地，東有孫堅，西有劉璋，南有士燮，我又在荊州之北，四面包圍著你們，我很為荊州的情況擔心。」

張飛見高飛說的很是真誠，心裡也隱隱覺得從頭到尾都是劉備的不對，可是即使劉備再怎麼不對，他也不能說什麼，**因為劉備的意志，就是他們三個人的意志，桃園結義時便已經許出承諾，今後他要和關羽一起輔佐劉備，三人一同打天下，拯救天下的黎民。**

「翼德兄，請離開這裡吧，不會有追兵，你儘管放心的走。希望下次我們再見時，是你真心願意跟隨我的時候。保重！」

高飛牽著烏雲踏雪馬，將馬匹的韁繩遞給張飛，笑著對張飛說道。

張飛不敢感情用事，他這次來就是為了關羽。他本來在後軍押運糧草來著，當接到孫堅率領吳國軍隊猛攻江夏的消息時，他便一個人騎馬跑到了中軍，將此事通知給劉備。

劉備當機立斷，立刻下令全軍撤退，並讓張飛去將關羽帶回來。帶出關羽，這才是他的目的。

看著周圍虎視眈眈的燕軍將士，他不及多想，向高飛拱手道了聲：「保重，他日相見，如果我們依然是敵人，俺將退避三舍，以還你對俺的恩情。當然，請你也不要對俺再手下留情，再見！」

說完，張飛翻身騎上烏雲踏雪馬的馬背，一手牽著赤兔馬便欲離開。

「等等……」高飛突然叫道。

張飛勒住馬匹，扭頭問道：「怎麼，你想反悔？也好，俺今天但求一死！」

「將關將軍、張將軍的兵器全部還回去！」高飛對身後的士兵道。

當士兵將青龍偃月刀和丈八蛇矛這兩樣兵器一一遞到張飛的手裡時，張飛看了眼丈八蛇矛那泛著微黃的矛頭，突然想到了什麼，對高飛道：「淬毒之事，俺老張不會做，但不管是誰，俺都要將他抓起來……」

「如果那個人是你大哥呢？」

「大哥？不可能的，大哥不會做這樣的事，絕對不可能是大哥。」張飛極力地辯護。

「你走吧，**我希望有一天你能夠明白，在你身邊的，未必就是好人，而那些**

在遠方苦苦等著你的人，才是你最終的歸宿。」高飛轉過身子，背對著張飛，他不想看到張飛、關羽離他而去。

「再見！」張飛默默說道。

「主公，請三思而行啊，絕不能就這樣放走關羽和張飛！」賈詡突然跪在地上，苦諫道。

魏延、文聘、褚燕等人也全部跪在地上請高飛三思。

「讓開！」高飛看著賈詡，怒道。

「主公，屬下就算跪死在這裡，也要請求主公收回成命……」

不等賈詡說完，高飛抬起一腳將賈詡踢倒在地，罵道：「你這個毒士，快給我滾開！」

「刑不加士大夫，主公你竟然……要想放走關羽和張飛，就請主公從我的屍體上踏過去吧！」賈詡苦苦相勸道。

「來人啊，把賈詡給拖下去！」高飛動怒了，只覺得肩膀上的傷口一陣生疼，強忍住臉上痛楚的表情。

高飛的命令下達後，卻沒人動彈，眾將都跪在地上勸諫道：「請主公收回成命！」

「刷！」高飛拔出佩劍，將劍插在地上，怒道：「誰敢再阻攔我的命令，我就殺了誰！都給我閃開！」

士兵們對高飛的話還是言聽計從的，只得讓開了道路。

第三章

刮骨療毒

華佗道：「請燕侯於靜處立一標柱，上釘大環，燕侯將臂穿於環中，以繩繫之，然後我用尖刀割開皮肉，直至於骨，刮去骨上毒素，用藥敷之，再以線縫其口，就沒什麼問題了。」

「刮骨療毒？」高飛聽了，不禁脫口而出。

張飛騎著烏雲踏雪馬，牽著赤兔馬，馱著關羽，在萬眾矚目之下遠離了戰場，很快就消失在地平線上。

高飛見張飛徹底走遠了，急忙將賈詡給扶了起來，歉疚地道：「剛才那一腳，沒有把你踹出問題吧？」

「為主公兩肋插刀，賈詡在所不惜，剛才的**苦肉計**，主公演得非常成功，關羽、張飛二人早晚會來投靠主公的。」賈詡道。

高飛道：「劉備知道孫堅攻打楚國的消息，必然會回師荊州，以保住自己的命脈。現在，楚軍已經對我們構不成威脅了。相反，關羽身受重傷，劉備將大軍全部散在潁川，一時間難以調動，**正是我們全面反擊的機會來了**，要一舉奪下南陽郡，只有占領此地，才能扼止楚軍從荊襄一帶進入中原。」

賈詡深深地了解高飛的想法，附和道：「關羽受傷，楚軍都在潁川郡散落，如果此時派遣一支輕騎馬不停蹄的偷襲宛城的話，必然能夠取得成功。主公，事不宜遲，可就地挑選領兵大將，我舉薦文仲業擔任先鋒。」

高飛看著文聘，問道：「仲業，你是南陽郡人，宛城更是你的故鄉，你對那裡再熟悉不過了，你可願意帶領一支輕騎替我去取宛城嗎？」

文聘想都沒想，立刻答道：「末將願往！」

話音一落，高飛便撥給文聘一千輕騎，讓其他士兵將攜帶的口糧都給了文聘一行人。

「啊……」

文聘率領一千輕騎告辭後，高飛肩膀的傷口越來越痛，那種鑽心刺骨的疼，讓他忍不住終於叫了出來，只覺得眼前一黑，整個人便倒了下去。

幸虧趙雲就在身邊，伸手將高飛攬住，對賈詡說道：「軍師，主公受了重傷，還身受劇毒，我先帶主公回城就醫，這裡就全由軍師做主了。」

說完，趙雲將高飛放在自己的馬背上，便策馬帶著高飛向陽翟城而去。

陽翟城裡。

高飛尚在昏迷當中，安靜地躺在臥榻上。

「軍醫，主公傷勢如何？」趙雲等軍醫檢查完高飛的身體後，急忙問道。

軍醫一直皺著眉頭，無奈地搖搖頭道：「將軍，主公的傷並不打緊，可是所中的毒實在太厲害，小的從未見過，如今毒性已經擴散，滲入了肌骨，如果再耽擱的話，恐怕會蔓延到整條臂膀，除非……」

「除非什麼?快說啊！」趙雲急道。

軍醫鼓足勇氣，道：「除非主公自斷一臂，否則毒性蔓延到心肺，就是神仙也難以救治。」

「就沒有別的辦法了？」趙雲皺著眉頭道。

「若是有其他的辦法，小的也決計不會如此行事。」軍醫也很無奈，面對這種劇毒，完全束手無策。

趙雲沉默片刻，看著躺在臥榻上的高飛，緩緩說道：「無論如何，主公都不能斷臂，一定要想個辦法才行。軍醫，毒性擴散至整條臂膀還剩下多少時間？」

軍醫再次看了看高飛的傷勢，說道：「不足一天。」

趙雲憂心道：「此地離薊城相隔甚遠，短短一天的時間，怎麼可能回到薊城找張仲景救治……」

正當趙雲苦思的時候，卞喜從外面趕了回來。

他本來帶領部屬在中原搜索孫策的消息，以至於忽略了許多事，比如楚軍的行動，他完全沒有注意，在汝南時聽聞孫堅舉兵東進，攻打楚國，好像是為孫策報仇，便立刻回程。誰曾想，一回到陽翟，便聽到高飛中毒受傷的消息，二話不說立刻趕了過來。

一進房間，卞喜見高飛躺在臥榻上，房裡只有趙雲和軍醫，急切地問道：

「子龍，主公傷勢如何？」

趙雲嘆了口氣，反問道：「你可有日行千里的辦法嗎？」

卞喜道：「日行千里？騎著主公座下的烏雲踏雪馬不就可以了嗎？那可是一匹神駒啊，真真正正的千里馬。」

「可惜被主公送給張飛了……」趙雲一臉無奈，搖搖頭道：「難道真的要斷臂才行嗎？」

「斷臂？為什麼要斷臂？」卞喜不解道。

軍醫道：「主公身中劇毒，毒性已經擴散到傷口的肌骨中，除非斷臂自救，否則會有生命危險。」

「放屁！絕對不能斷臂，我有辦法。」

「你有辦法？」趙雲、軍醫全都用震驚的眼神望著卞喜。

「嗯，我現在百毒不侵，讓主公喝我的血即可！」說著，卞喜捲起袖子，同時掏出匕首，準備劃傷自己以達到取血的目的。

軍醫見狀，急忙阻止道：「不行，絕對不行，你這樣做，非但救不了主公，反而是害了主公。」

「此話怎講？」卞喜不敢冒失，他畢竟不懂醫理，只以為張仲景說過自己已是百毒不侵了。

「下官知道張神醫用卞將軍當藥人，久而久之，毒素便留在卞將軍的體內，那些毒素與卞將軍的身體融為一體，但是卞將軍卻沒有死，這說明卞將軍體內形成一股很強的抵抗力，可以抵抗一切外來毒藥。」

「嗯，張神醫也是這樣說的，正因如此，讓主公喝我的血，不就可以拯救主公了嗎？那樣的話，主公也就百毒不侵了，不是嗎？」卞喜順理成章地道。

軍醫嘆了口氣，道：「不是這樣的，正因為你百毒不侵，所以才不能讓主公喝你的血。或許你體內有某種毒素可以與主公所中的毒相剋，以達到以毒攻毒的目的，但是你體內毒素太過複雜，不止一種，萬一進入主公體內，反而會適得其反，雖然解去了所中之毒，卻又中了其他許多種毒，所以……絕對不能亂來。」

「那怎麼辦？難不成眼睜睜的看著主公就這樣自斷一臂啊？」

軍醫想了想，道：「我知道有一個人與張神醫齊名，並且有起死回生之術，如果能夠找到此人，主公或許有救。」

「誰？」趙雲、卞喜同時問道。

「**華佗，華神醫！**」

「華佗？」卞喜在腦海中努力的搜索著這個名字，很快便想起什麼，歡喜說道：「主公有救了！」

趙雲道：「莫非你知道華佗身在何處？」

卞喜點點頭：「陳留之戰沒有開戰前，曹操頭風犯了，便讓人把華佗找了去，如今陳留被我軍攻克，華佗必然也在那裡。」

趙雲聞言，興奮說道：「事不宜遲，我這就帶主公去陳留，騎上快馬，中途換馬不換人，明日清晨之前，絕對能夠抵達。」

「我和你一起去，我可以讓部下將消息迅速送達陳留，然後讓郭軍師將華佗帶著朝我們這裡趕，沿途可以節省不少時間。」

二人計議已定，便立刻準備一輛馬車，帶著高飛便朝陳留方向趕去。

另一方面，卞喜用暗哨將消息傳遞出去，接到暗哨的斥候再以接龍方式傳給其他人，分散在從陽翟到陳留一線上的燕軍斥候全部行動起來，很快便將消息傳達至了陳留城。

陳留城內，郭嘉帶著人還在收拾陳留殘局。

洪水過後，陳留城一片狼藉，投降燕軍的百姓、魏軍將士被安置在不同的地方，燕軍則開始清掃陳留城內的狼藉。

「把這些都給我清乾淨，今天天黑之前必須要讓百姓全部住進去！」郭嘉指揮著士兵道。

這時，一名斥候飛快地跑到郭嘉身邊，將高飛身中劇毒，讓郭嘉尋找華佗的消息轉告給郭嘉。郭嘉聽後，二話不說，命令全軍停止手中的工作，在被俘虜的民眾和將士中尋找華佗。

眾人拾柴火焰高，人多力量大，只用了一刻鐘的時間，郭嘉便找到了華佗。

此時華佗正在給百姓治病，一回想起那天洪水來臨的景象，他還心有餘悸，若不是獄卒將他及時帶了上去，只怕早已葬身在牢底了。

「此藥一日兩次，早晚各用文火煎熬一次，連續服用三天，便可痊癒。」華佗一邊把藥遞給病患，一邊細細囑咐道。

「華神醫！」郭嘉大步流星地帶著隨從走了進來，一見到華佗便高聲叫道。

華佗見是郭嘉，站起身來，道：「這位大人，找華某何事？」

郭嘉道：「請華神醫跟我走一趟，為我家主公救治！」

「你家主公？燕侯高飛嗎？抱歉，我不會為他治病的。」華佗斷然拒絕道。

郭嘉愣了一下，道：「為什麼？」

華佗指著受到災難的百姓，憤怒地說道：「燕侯為了一己之私，採用水攻之計，雖然趕跑了魏王，卻使陳留城內數萬百姓為洪水所困，成百上千的百姓因為這場洪水喪失了生命，這種殺人狂魔，我華佗絕不救治。」

郭嘉反駁道：「醫者父母心，華神醫難道就眼睜睜地看著我家主公喪失生命嗎？華神醫連屠殺徐州幾十萬百姓的曹操都肯醫治，為什麼就不肯醫治我家主公？」

「此一時，彼一時，不可同日而語。再說，我去救治曹操，只不過是敷衍了事罷了。」

事情緊迫，容不得郭嘉再考慮下去，拱手道：「既然如此，那只有得罪了！」

話音一落，身後的隨從立刻上前將華佗給牢牢抓住，強行帶走。

周圍的百姓見狀，都自發地組織起來，擋在郭嘉等人的前面，將郭嘉等人包圍了起來。

「你們想幹什麼？」郭嘉見狀，怒聲道。

「你們不放開華神醫，我們就不讓你們走！」百姓們異口同聲地道。

郭嘉皺起眉頭，沒想到華佗在百姓心中的地位如此之高，他知道眾怒難犯，轉念一想，便讓人放開華佗，走到華佗身邊，小聲道：

「華神醫，請原諒我的冒昧，如果你不跟我走，去救治主公的話，那麼我會下令將這些百姓全部殺死，當著你的面，一個一個殺掉，殺到你願意去救治我家主公為止。」

「你威脅我？」華佗臉上變色道。

「算是吧，這裡至少有六萬百姓，**你就真的忍心看著這六萬百姓因為你一個人而死？**醫者父母心，你權且將我家主公當成普通老百姓醫治就行了。我向你保證，一旦你救好了我家主公，主公定然會善待這些百姓，而且是整個中原的百姓。水攻之計是逼不得已，那條計策是我想出來的，跟我主公沒有任何關係，你若怨的話，就怨我好了，等你救了我主公，我郭嘉就悉聽你的處置，以贖我犯下的罪過！」

華佗想了片刻，終於點點頭道：「好吧，我跟你走。」

趙雲騎著駿馬，卞喜趕著馬車，兩人從陽翟城一路向陳留方向行進，沿途路過不少地方，燕軍的斥候都備好駿馬等在一旁，一路上換馬不換人，在天黑的時候終於到達了陳留郡內的尉氏縣。

天剛濛濛黑，官道上駛來幾匹快馬，卞喜習慣於在黑夜中行動，眼力較好，一眼便認出奔馳而來的幾匹快馬，急忙扭頭對趙雲說道：「子龍，是郭軍師，想

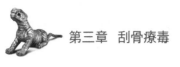

必他已經找到華佗了。」

「你停在這裡，我去接應郭軍師。」

卞喜勒住馬韁，將馬車停靠在路邊，掀開馬車的捲簾，見高飛斜靠在車裡，不知道是何時醒了過來，額頭上滲出許多汗珠，面色也極為難看。

「主公，你醒啦？」卞喜興奮地道。

「嗯……如此顛簸的道路，我的骨頭都快要散架了，你們這是要去哪裡？」

高飛用微弱地聲音說道。

「啟稟主公，我們帶你去治傷，你身上中的毒，非華佗不能解。」

高飛一聽華佗的名字，便道：「華佗?他人在哪裡？」

「主公，華神醫帶來了！」趙雲接到郭嘉、華佗後，便急忙策馬趕回來，聽見高飛的話，回答道。

高飛在卞喜的攙扶下出了馬車，左臂疼痛難忍，沒有一點知覺，同時也感覺到一陣微微的酥麻。

「主公……」郭嘉看到高飛這副模樣，心中難受控制不住，登時熱淚盈眶。

「奉孝……你哭什麼，我還沒死呢，一點小傷而已……」高飛開玩笑道。

「在下華佗，參見燕侯。」

華佗從人群中擠了出來，向高飛行了一下禮，但是說話的聲音極為冷淡。

夜色中，高飛朦朧地看見華佗方巾闊服，臂挽青囊，卻看不清面容，回道：「久聞華神醫大名，如雷貫耳，今日一見，實乃三生有幸。」

華佗取下青囊，面無表情地道：「在下先為燕侯治傷吧。」

趙雲在眾人說話時，在路邊找來乾柴，生起一個火堆，喊道：「卞喜，帶主公到這裡來！」

於是，眾人移到火堆旁邊。

高飛這才看清楚華佗的樣貌，童顏鶴髮，額頭寬廣，和南極仙翁的形象差不多。同時，他還注意到華佗的臉上帶著一股怨氣。

「華神醫是不是有什麼話想說？」

高飛坐定後，華佗來到他身邊，一把握住他的左臂，細細的查看傷口。

突然，他眉頭一皺，道：「是何人下如此毒手？」

「怎麼了？是不是不能治了？」高飛看到華佗的表情，心中大驚，微弱地道。

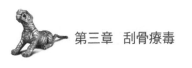

「可恨，可氣，可殺！此人心腸也未免太過歹毒了，居然用如此毒藥……」

華佗問道：「燕侯現在感覺如何？」

「左臂全然沒有知覺，而且伴有極大的刺痛，猶如萬針扎體，不時還會有眩暈、眼花、視物模糊的現象。」高飛答道。

華佗的眉頭皺得更緊了，看著高飛面無表情的樣子，便說道：

「此毒為**烏頭毒**，烏頭又喚作**草烏**、**斷腸草**，毒性極大，人畜稍微沾上一點，輕者四肢麻痺，麻木從上肢指尖開始向近端蔓延，繼後為口、舌及全身麻木，痛覺減弱或消失，有緊束感。重者躁動不安、肢體發硬、肌肉強直、抽搐，意識不清、昏迷不醒，更甚至有生命危險。燕侯能忍受住這巨大的痛苦，實在令我敬佩，你是我見過唯一一個中此毒不叫的。」

高飛確實一直在忍受著巨大的痛苦，聽了華佗的話，問道：「神醫必然有救治之法，不知當用何物救治？」

華佗道：「我自有救治的方法，就怕燕侯會害怕！」

高飛冷笑道：「我一向視死如歸，何懼之有？」

華佗道：「請燕侯於靜處立一標柱，上釘大環，燕侯將臂穿於環中，以繩繫之，然後以被蒙頭，不要觀看。我用尖刀割開皮肉，直至於骨，刮去骨上毒素，用藥敷之，再以線縫其口，就沒什麼問題了。」

「**刮骨療毒？**」高飛聽了方法，不禁脫口而出。

「正是！不知道燕侯可有膽量一試？」華佗看高飛的眼中露出一絲異樣，

問道。

高飛眉頭一皺，他不是關羽，更沒有那種意志力，雖然很想表現一下，但是畢竟不敢輕易嘗試，萬一忍不住的話，胡亂一動，就會使華佗前功盡棄。

正當他猶豫之時，忽然想起歷史上，有一種叫**麻沸散**的東西，那東西也就是以後的麻藥。

這個叫麻沸散的東西，正是華佗所精心研製的，便急忙道：「我聽聞華神醫有一物，名曰麻沸散，敷用後，可以令病患失去知覺，對所施之術便毫無痛楚，不知道可否為我用上一點？」

華佗有些怔住了，他精心研製的東西尚在試驗階段，功效還不太穩定，就連他自己都不敢保證每一帖麻沸散是否真的有效。最重要的是，這個東西他從未告訴過任何人，高飛是如何知道的？讓他十分疑惑。

「此物效果不太穩定，尚不能投入使用，待日後穩定之後再用不遲……」華佗據實以答。

「那我願意做第一個試用者，若能成功，華神醫便可名揚天下，也可以用此物救治更多的人，使病人免受難忍的疼痛。」高飛道。

華佗覺得這提議不錯，便點點頭，從青囊中取出必備的東西，然後用麻沸散灑在高飛受傷的臂膀周圍。

過了一會兒，華佗拿著尖刀刺了一下高飛的手臂，問道：「疼嗎？」

高飛搖搖頭道：「絲毫沒有感覺。」

「嗯，那我就可以開始了。」

說完，華佗便開始動刀，高飛則扭過頭去，不敢看華佗是如何給自己刮骨療毒的。趙雲、郭嘉、卞喜等人看到刮骨的畫面，亦不自覺地轉過身子，沒有勇氣再觀看下去。

麻沸散的功效確實有用，只是維持的時間短了點，當華佗刮完最後一點餘毒時，高飛便感覺到了難以煎熬的痛苦。他使勁咬住牙，額頭上冒出黃豆般大小的汗珠，華佗每刮骨一次，他就疼得難以維持。

「呼……」華佗終於刮完毒素，擦拭了下額頭的汗珠，鬆了口氣。

趙雲見高飛動也不動，急得對華佗道：「華神醫，我家主公……」

「放心，毒素已經完全清除，他只是昏迷了過去，等他醒來，就會發現手臂已經被治好了。」說完，華佗為高飛縫合傷口，然後纏上繃帶。

眾人聽到高飛沒事，總算放下心來，便讓幾個人去附近打獵，在原地露宿了一晚。

第二天早上，高飛醒了過來，全然感覺不到任何不適，對華佗的外科手術推崇不已。

於是，眾人一起返回陳留，不在話下。

荊州，江夏。

太守府中，田豫得知孫堅率領策瑜軍已經駛出水軍營寨，便聚集眾將，當下說道：「江夏乃荊州之門戶，一旦江夏失守，荊州便岌岌可危。如今大王正在中原血戰，不可能及時前來增援，荊南四郡的兵力又不能隨意亂動，也只有靠我們自己了。」

田豫部將陳生急忙道：「可是大人，孫堅起全國之兵攻楚，兵分兩路，浩浩蕩蕩而來，如今吳軍右路先鋒大將黃蓋已經進駐尋陽城，若非張虎在下雉早有準備，只怕早已被黃蓋攻克。如今張虎用鐵鎖橫江，暫時擋住了吳國大軍，可吳軍人數眾多，聽說已經派遣一支軍隊潛入了大別山，想越過大別山，直取郡城。屬下擔心若沒有援軍，僅憑我們三萬軍隊，無法擊退吳軍。」

田豫不動聲色，看了眼一直沒有發話的胡熙，便道：「胡主簿有什麼看法嗎？」

「吳軍來勢洶洶，若分兵抵擋，則兵力分散，容易被吳軍各個擊破，不如退避三舍，避其鋒芒，將兵力分別陳列在郝縣和鄂縣，如果要從東吳攻打江夏，陸路崎嶇難行，且耗費時日，敵人定然會溯江而上，郝縣和鄂縣剛好在大江兩岸，在這兩個地方，我軍才能有用武之地，扼制住此咽喉要道，可以阻擋吳軍。」胡熙說道。

田豫想了想道：「好，就這樣辦，即刻傳令張虎，後撤至鄂縣，陳生，你即刻帶領五千士兵奔赴郝縣。」

「諾！」

落日的餘暉裡，森林一片沉寂，神秘莫測。

孫堅帶著凌操、陳武二將，以及三千精銳的策瑜軍士兵，快速的行走在這片樹林裡。

環抱著他們的是大別山區的原始森林，山路崎嶇，極難通行，但是在這些策瑜軍的將士面前，卻顯得不足為慮，他們各個健步如飛，如履平地。

「離西陵城還有多遠？」孫堅喘著粗氣，一邊走著，一邊問道。

「啟稟大王，翻越過前面那座山，再走上五十里便可抵達西陵城。」年僅十四歲的策瑜軍小將陳武，對這一帶非常的熟悉，當即答道。

孫堅點點頭道：「很好，大家再加把勁，翻越過前面那座山，咱們就休息休息，然後一鼓作氣，直抵西陵城下，楚軍做夢都不會想到，本王會捨棄水路而採用陸路迂迴，等我軍抵達西陵城下之時，楚軍必定盡皆喪膽，只要拿下了江夏的郡城西陵，就能讓楚軍布置在長江沿岸的防線不攻自破。」

由於孫堅為孫策報仇心切，所以一抵達柴桑，便立刻挑選了三千精銳的策瑜軍，輕軍遠行至大別山，翻越崇山峻嶺，想從背後直插江夏腹地，殺楚軍一個措手不及。

為了迷惑敵人，孫堅讓策瑜軍的蔣欽、董襲、潘璋、宋謙、賀齊等人大造聲勢，將剛剛訓練不久的水軍溯江而上。

除此之外，還讓黃蓋帶領馬步軍入駐尋陽城，與策瑜軍遙相呼應，並且派出一支疑兵，揚言挺進大別山，以吸引楚軍的目光。

其實，孫堅深知荊州水軍的厲害，而且自己的水軍還未真正練成，加上自己進攻楚軍又是逆流而上，困難重重不說，還有可能致使水軍全軍覆沒。就算再憤怒，也不能蒙蔽了雙眼，當聽到孫策的死訊時，他不是沒有質疑過，後來靜下心來仔細一想，也覺得孫策的死疑點重重。

但是他瞄準當時的形勢，楚軍的主力在中原，他這個時候攻擊楚國，正好用孫策的死來當藉口，出兵占領江夏，拔除這個眼中釘，為以後吞併荊州打下基礎。

所以，他不再去詳查孫策的死是真還是假，如果是真的，他攻下江夏就是為孫策報仇了，如果是假的，就一定是高飛在搞鬼……

這兩天在大別山裡，孫堅清醒了許多，也想了許多事，**他始終不認為自己的兒子孫策死了，如果真的死了，為何魯肅、周泰連一點消息都沒有？所以，唯一的可能就是高飛的計策，想借孫策的死來激怒自己，讓自己發兵攻打楚國。**

他也想過高飛為什麼會這樣做，以他和高飛的兄弟情誼，這樣做無疑是搬起石頭砸自己的腳，一旦他知道孫策之死並不存在，他必然會怨恨高飛。

經過這兩天反覆的思考，孫堅終於得到了一個答案，**那就是高飛在中原獨木難支，想要他的幫助，但是又擔心吳國群臣習慣了平靜的生活，而他抵擋不住群臣的勸諫，不願意出兵，所以不得已才出此下策。**

何況，此時攻打楚國，百利而無一害，對他而言確實有莫大的好處，不然，那日在吳王宮殿之上，一向具有大局觀而又很會審時度勢的軍師張紘為什麼一言不發?!

「一定是這樣的……看來子羽深知吳國群臣之詬病，所以才想出這個用心良苦的法子來激怒我，讓我好發兵攻打楚國。那麼，伯符應該還安然無恙的活著，不是在回吳國的路上，或者仍然在燕軍的大營裡……」

輕軍遠行，出其不意，攻其不備，偷襲江夏郡城的計策是張紘秘密提出來的，孫堅聽後，頓時便同意了，並且決定親自率領精銳之兵攻打江夏郡城。

子時，孫堅等人好不容易翻越過這座大山，展現在他們眼前的是一馬平川的原野，此時急行軍已經累得走不動了，孫堅便讓大家都停下來休息。

原野上吹來一陣冷風，樹林裡一片漆黑，高大的杈丫猙獰張舞，枯萎的矮樹在林邊隙地上瑟瑟作聲；蓁莽屈曲招展，有如伸出了長臂，張爪攫人。一團團的乾草在風中疾走，有如大禍將至，倉皇逃竄，四面八方全是淒涼寥廓的空曠之地。

看到這樣一番景象，不知為何，孫堅心中湧上了一絲悲涼。

他坐在一棵大樹下面，十分愛惜地擦拭著那把古錠刀，自從他聽從高飛的意見，占領江東之後，幾年下來，他再也沒有用過這把刀。

古錠刀寒光閃閃，在這樣的黑夜中，刀身顯得格外耀眼。

大別山位於中國東部地區，地處鄂豫皖三省交界處，東西綿延約三百八十公里，南北寬約一百七十五公里，是長江和淮河兩大水系的分水嶺。在這個年代，這一帶還是一片原始森林，山脈周圍沒有多少人居住，所以孫堅等人的到來也無人得知。

據說在洪荒之時，天地渾然一體，億萬生靈被擠壓在昏暗的天地之間，後來有一座山訇然升起，用它的脊梁把蒼天高高撐起，從此有了天地之分，萬物生靈也得以獲得光明。

由於這座山分出了天和地，分出了白天和黑夜，使天地有別，便取名為大別山。

孫堅自尋陽向北挺進大別山以來，已經過了三日，三日來，他帶領的士兵每日都在急速行走，策瑜軍的少年兒郎們個個身強體壯，耐力非常好，一路跟著孫堅走下來，路上沒有一個人喊過累，也沒有一個人掉隊。

他將古錠刀收回刀鞘，環視一眼這三千名少年兒郎們，覺得孫策親自挑選的人確實根基很好，而這幫少年兒郎以後定然會成為吳國軍隊中的基石。

休息了差不多大半個時辰，孫堅便站了起來，朗聲道：「江東的兒郎們，再走五十里，我們的目的地就要到了，你們再委屈一下，大家加把勁，必須在天亮的時候趕到西陵城下，要給楚軍一個措手不及，替你們的將軍報仇雪恨。」

「報仇雪恨！報仇雪恨！」凌操、陳武等人都紛紛站了起來，振臂高呼，群情激奮。

正因為憋著這股怨氣，以及心中懷著極為強烈的恨意，所以策瑜軍的將士們才會如此迅速的抵達此地，在他們心裡，孫策的地位不可替代，已經成為他們的兄弟，甚至比親兄弟還親。替孫策報仇，就成了他們心中唯一的目標。

孫堅看到這種情況，內心極為的欣慰，他感覺到孫策在他們心中的地位。以前他老是認為自己的兒子不足以肩負起吳軍的重任，如今他從這三千少年兒郎的身上看到了孫策的影子，他在想，一旦攻克了江夏，而孫策又回國的話，他便立刻任命孫策為世子，並且正式冊封孫策為大都督，總督吳國軍事，參贊一切政務。

「出發！」

孫堅轉過身子，眼中射出兩道精光，看著前方楚國的國土，大聲喊道。

荊州，江夏郡，西陵城。

城牆上站了一夜的士兵伸了個懶腰，用朦朧的雙眼看到東方露出了魚肚白，打了個哈欠，轉身下了城樓，準備進行交接。

不一會兒，城牆上的楚軍士兵都下了城樓，而交接班次的巡邏士兵還沒有來得及上來，便見從城外的樹林中跑出來許多吳軍的士兵，他們個個風塵僕僕的，一手握著皮盾，一手握著腰刀，尚有幾百人背負著弓箭，迅速地向著城牆撲了過去。

這時，一個楚軍士兵從城牆上露出了頭，剛登上城牆，便赫然地看到城下大批的吳軍士兵湧了過來，他剛張開嘴準備大聲喊叫，一支凌厲的箭矢便射中他的口中，一箭將他射翻在地。

其他的楚軍士兵見狀，急忙前來一探究竟，看見從天而降的吳軍時，頓時驚慌失措，急忙敲響懸掛在城樓上的警鐘。

「匡……匡……匡……」

警鐘一經敲響，頓時驚醒了在西陵城裡熟睡的所有人，突如其來的警鐘讓人感到很意外。

田豫從床上跳下來，來不及披甲，提著一口長劍便走了出去，喝問道：「發生了什麼事？」

一個守門的士兵慌裡慌張的叫道：「啟稟太守大人，吳軍攻來了……」

「吳軍？怎麼可能？吳軍不是應該在幾百里之外的尋陽嗎？」

田豫做夢都想不到，他昨夜才和胡熙制定了在郝縣、鄂縣的狙敵計畫，還沒有來得及實施，吳軍就已經殺到了西陵城。

「千真萬確！陳校尉已經去城門了，請大人速速到城門督戰。」

田豫二話不說，拔腿便走，一邊走，一邊對士兵叫道：「速去傳令城中各處兵馬，嚴加防守，不得有誤，西陵城絕對不能丟！」

田豫快步趕到了遭受吳軍突然襲擊的東城門，身後帶著五十輕騎，還沒有奔馳到東城門，便赫然看見城牆上一員大將將陳生給斬殺了，提著鮮血淋淋的刀正在奮力拼殺，不由得怔了一下。

再仔細看看，他發現他認得那個人，正是**吳王孫堅**。

此時朝陽初升，孫堅提著古錠刀站在城牆上，硬是憑藉著一己之力殺出了一片天地，身上更是被鮮血染透，整個人成了一個血人，金色的陽光從他身後道道射來，將他襯托的如同天神一般。

城牆底下，吳軍的士兵向城牆上扔出飛鉤，飛鉤鉤住了城牆的稜角，一條長長的繩索垂直到地上，吳軍的士兵開始拽著繩索向上攀爬城牆，不一會兒，西陵城東城門的城牆上就擠滿了吳軍的士兵。

陳武在左，凌操在右，孫堅在中間，吳軍士兵不斷地湧上來，他們每一個都是痛心疾首的哀兵，在這一刻，他們將自己心中的仇恨全部發洩到了楚軍士兵的身上，城牆上血肉橫飛，鮮血染紅了城牆，果真是哀兵必敗。

田豫止住了馬匹，看到孫堅帶著吳軍的士兵率先衝下了城牆，朝城內殺來，他意識到孫堅的可怕，暗暗叫道：**「擒賊先擒王，這回是他自己送上門來的，真是天助我也。」**

「全軍後撤！」

田豫調轉馬頭，見東城門已經被孫堅占領了，而且當吳軍打開城門迎入吳兵之後，他看到吳兵的人數並不多，便有了主意。

田豫很年輕，但是他跟隨劉備已經好幾年了，在高飛出任遼東太守的時候，他就跟隨劉備了，幾年的歷練，讓他不斷地成長，加上在武藝上，關羽、張飛時不時的親自指導，也讓他練就了一身好武藝，成為了劉備帳下難得的一個將才。

所以，劉備便讓田豫出任江夏太守，安東將軍，駐守在江夏，率領水軍、馬步軍一共三萬人，時刻防禦著東吳。為了保險起見，劉備更是給他調去了一位智謀之士，就是原先為武陵太守的**胡熙**。

田豫一行人退到了太守府的門前，剛好遇到胡熙帶領西門的士兵趕了過來，兩下一相遇，便急忙說道：「胡主簿，陳生在東城門戰死，被孫堅給砍了，東城門也被吳軍占領，吳軍突然襲擊，我軍措手不及，我已經有擒獲孫堅的主意，還請胡主簿配合。」

胡熙抱拳道：「既然是吳王親自前來，當然要讓他有來無回，只要殺了孫堅，吳軍群龍無首，必然會不戰自退，江夏也可以保一時太平。胡某願意聽從太守大人調遣，不知道太守大人當用何計？」

「吳軍突襲郡城，孫堅所帶的兵力也不過才三千人，我西陵城中有兩萬大軍，雖然陳生和守備東城門的士兵已經戰死了，但是在兵力上我軍是優勢，何況敵軍長途跋涉，遠道而來，其鋒芒雖然畢露，但絕對不可能持久，只要暫時拖住吳軍一時半刻，必然會成為我軍甕中之鱉！請胡主簿趕往南門，調遣水軍參戰，迂迴到東城門外，截斷吳軍歸路。」田豫詳細的分析道。

胡熙聽後，便點點頭答應下來。於是，胡熙立刻帶著幾個親隨朝南門走了過去。

田豫立刻指揮步騎兵進行布陣，以盾牌兵堵在最前面，騎兵分散在城中主幹道的兩翼，開始徐徐向東門開進，並且命令其餘士兵繼續向他這裡增兵。

孫堅搶占了東城門，還沒有來得及享受戰後的喜悅，便看見大批楚軍士兵朝他們這裡圍了過來。

「大王，楚軍兵力眾多，西陵城不宜拿下，不如及早撤出城池，於城外決戰。」陳武獻策道。

凌操道：「好不容易殺進了城，這會兒又要退出去，那我們的部下都白死了嗎？大王，這些楚軍的蝦兵蟹將不足為慮，我軍士氣高漲，正是一鼓作氣拿下西陵城的時候。擒賊先擒王，末將願意去替大王斬殺敵方主將。敵軍主將一死，敵軍便會陷入群龍無首的狀態，大王率軍猛攻，便可以殺楚軍一個措手不及！」

孫堅覺得陳武、凌操說的都有道理，但是此戰關係到勝負，所以孫堅慎重考慮之後，便道：「陳武帶五百士兵退出城外接應，凌操率領其餘士兵跟隨我一起向前衝，若敵軍頑強抵抗，未能斬殺敵軍大將，也好有個退路。」

「諾！」

命令下達後，陳武帶領著五百士兵出城，其餘人全部跟著孫堅、凌操向城中猛攻。

孫堅赫然看見田豫，他並不認識田豫，不過，從田豫的穿戴以及所處的位置來看，田豫就是敵軍的主將，於是孫堅提著古錠刀，邁開步子朝前衝了出去。

他打仗向來是最勇猛的，孫堅的武力不弱，勇氣更加為人稱讚，他就是當先鋒的人，所以每次打仗都是第一個。

凌操見孫堅衝在了最前面，想攔都攔不住，自己只好跟在孫堅的身邊，力求給予孫堅保護。

「放箭！」田豫見孫堅帶兵衝了過來，當即下令道。

成百上千的箭矢如同蝗蟲一般向孫堅飛了過去，密集地無法阻擋。

「散開！」

孫堅也不是傻子，街巷當中，周圍可以躲避箭矢的掩護體很多，他躲在一個牆角裡，等箭矢停止後，趁弓箭手拉弓開箭之際再次向前衝去。

「嗖！嗖！嗖……」

弓箭手見孫堅再次奔出，倉皇之下射出箭矢，盾牌兵守在最前面，形成一堵牆，手裡緊緊地握著兵器，等待孫堅到來時將他斬殺。

「叮、叮、叮……」

孫堅用古錠刀擋下許多箭矢，他一個人衝得太快，後面凌操等人又被密集的箭矢給逼開，沒能跟上來。

「大王……」

凌操剛一露頭，一支箭矢便飛了過來，他急忙躲閃過去，看到孫堅孤身衝到楚軍陣前，生恐孫堅有什麼不測。

「殺！」孫堅揮出古錠刀，鋒利的古錠刀在楚軍士兵身上大顯神威，楚軍的盾牌和士兵猶如豆腐一樣鬆軟，一下子便被劈成兩半。

楚軍士兵見了，震驚不已，還來不及逃跑，古錠刀便到了面前，一道道血柱沖天，讓已經是血人的孫堅更加地被楚軍士兵記住了容貌。

就這樣，楚軍的前軍陣地硬是被孫堅一個人給攻破，弓箭手見到孫堅，有如見到死神，立刻向後撤退。

「哪裡跑！」孫堅舉著古錠刀一路向前殺了過去，見弓箭手開始潰敗，而田豫卻依舊安然無恙的騎在馬背上，大聲地喊了出來。

楚軍弓箭手一退，給凌操等人製造了契機，紛紛從街巷中出來，繼續向前衝了過去。

田豫看著孫堅一步步向他逼來，臉上浮現出一抹笑容，當即將手向下一揮，立刻有人發號命令。

與此同時，城中主幹道的兩邊湧現出來兩撥楚軍的騎兵，使凌操帶領的士兵被攔腰斬斷，一分為二。

騎兵手裡握著的兵器多是長形兵器，加上人騎在馬背上，視野開闊，所以很

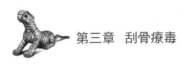

快便占了上風。

「哇啊……」慘叫聲不絕於耳，**這場戰鬥剛開始的時候以楚軍為主，可是現在形勢逆轉，慘叫聲以吳軍士兵為主**。叫聲影響到了孫堅，他回頭望了一下，注意到士兵越來越少，自己的部下也被分成兩半，不禁皺起了眉頭。

田豫一直在觀察孫堅的一舉一動，一見孫堅分神，眼前一亮，當即從士兵的手中拿來兩桿長槍，一手握著一桿，一邊揮舞著，一邊策馬向孫堅衝了過去，右手手起一槍，刺向孫堅的心窩。

孫堅分神之下，轉身的時候將背部亮給了敵人，他正在奮力的廝殺著，豈料背後一股凌厲的力道朝自己的心窩刺了過來，急忙轉身橫刀抵擋。

「噗！」一聲悶響，田豫手中的長槍直接透過孫堅身上披著的薄甲，刺進了孫堅的下腹。

孫堅身中一槍，槍頭從背後露了出來，他的腎臟也受到了極大的創傷。鮮血直流的他，身體東搖西晃。

田豫見孫堅步履雜亂，緊接著又補上一槍，直接插向孫堅的心窩。

此時，凌操及時殺出，一刀砍斷長槍，同時胡亂砍出一陣刀法，逼退田豫，驚險之下救得孫堅，急忙向後退去。

「給我殺！絕對不能放走孫堅。」田豫棄槍拔劍，策馬向前追擊，哪知吳軍士兵拼命來救，抵擋了他前進的道路。

與此同時，陳武率領五百吳軍士兵從城門外殺了進來，和保護著孫堅退卻的凌操前後夾擊，一番猛攻算是殺出一條血路，奪下楚軍騎兵的一百多匹戰馬。

孫堅受了重傷，無法騎馬，凌操便丟棄兵器，將孫堅橫抱起來，縱身跳上馬背，在陳武等人的保護下，迅速殺出西陵城。

他們這邊剛走，胡熙便帶領楚軍士兵從南門轉了過來，除了孫堅、凌操、陳武等一百多騎逃跑了之外，其餘士兵盡皆被堵在西陵城內，慘叫聲不絕於耳。

第四章

江東易主

「江東猛虎殞命荊州，為什麼總是跳不出這個怪圈？文台兄，你撒手而去，將置我於何地？昔年的盟誓，難道就要在此畫上一個句號嗎？」

高飛仰望蒼天，心中不勝悲傷，道：「江東易主，小霸王的時代就要來臨了……」

凌操、陳武帶著受傷的孫堅逃出西陵城，連續奔馳了十幾里後，孫堅因為傷勢過重加上承受不住顛簸，變得越來越虛弱。

「停下……我快不行了……」孫堅有氣無力地說著，從嘴裡又吐出了一口鮮血。

「陳武！停下，大王快不行了，快找個地方躲藏一下。」凌操看著自己臂彎中的孫堅口吐鮮血，眼神渙散，臉色慘白，急喊道。

陳武見狀，立刻分出五十個騎兵，讓他們與自己背道而馳，朝反方向引開追兵，他則帶著凌操和其餘士兵朝著一片樹林而去，並且讓十幾個人殿後，抹去馬蹄的印記，消除威脅。

不一會兒功夫，凌操、陳武等人便來到了樹林裡。

凌操翻身跳下馬，急忙將孫堅給平放在地上，緊張地道：「大王，你堅持住，末將這就去找大夫……」

「咳咳咳……」

孫堅一陣猛咳，鮮血不斷湧出，他伸出手抓住凌操的手臂，有氣無力地道：「不用了，我已經快不行了，我有話要說……」

「大王……」陳武和其餘士兵圍繞在孫堅的身邊，聞聽此言皆是熱淚盈眶。

「大王，你不會有事的，你一定不會有事的……」

凌操緊緊握著孫堅的手，他很清楚，孫堅受了非常重的傷，插在他體內的那柄斷槍透體而過，一旦拔出來，就會瞬間畢命。

孫堅望了眼年長的凌操，又看了看年紀較輕的陳武，以及圍繞在他身周的少年士兵，覺得很是欣慰，至少凌操、陳武都衝了出來，為吳國的將來保留了兩員戰將。

此時，孫堅越來越虛弱了，鮮血不斷地滲出來，地上已經被鮮血染透了。

「大王，少主已經不在了，大王若是再有個三長兩短，吳國要怎麼辦啊……」陳武哭著說道。

「你們不用擔心，伯符他福大命大，肯定不會那麼輕易的死去，說不定現在正在回吳國的路上。周泰驍勇，魯肅機警，他們一定不會讓伯符有事……咳咳咳……我時候不多了，有些事必須要和你們說清楚……**我死後，伯符繼任吳王大位，張昭、張紘共同監國，眾文武齊保伯符，興盛我東吳……**」

說到這裡，孫堅「哇」的一聲，又是噴出一大口鮮血。

他強忍著巨大的痛楚，繼續說道：「還有……此次進攻楚國，是我和軍師張紘共同謀劃，其中有些機密的事，只有他知道，你們回去以後，請張紘將吳國機要公諸於眾，切記不可和燕國為敵……」

「大王……」凌操、陳武等人共同叫道。

「凌操，策瑜軍中，你的年紀最長，伯符不在，暫時由你全權統領。另外讓黃蓋總督三軍，徐徐退兵，放棄攻打江夏。」

「末將記下了，大王你少說點話……」

「我再不說，就永遠沒辦法說出口了。伯符……應該沒死，他若能回到吳國，就讓他繼任大位，如果他確實已經不在人世了，你們就讓仲謀繼任大位，但**不管是伯符還是仲謀繼任，都要遵循我的遺命，讓他們千萬不要和燕國為敵，至少……至少十年之內絕對不可以……至於十年之後，我已經無法預測……」**

「大王，末將記下了，末將銘記在心……」

孫堅突然伸出手在空中亂抓，問道：「我的刀呢……拿古錠刀來……」

陳武急忙送上古錠刀，含淚說道：「大王寶刀在此……」

孫堅一把抓住古錠刀，將古錠刀交給凌操，緩緩叮囑道：

「將此刀帶回去，帶到建鄴，放在吳王府的大殿上，請諸位文武大臣記住，和北方的燕國結盟，共同對付楚國，替我報仇！切記！十年內千萬不要和燕國為敵，否則吳國會腹背受敵……伯符性子輕狂，需要有人勸得住他，平南將軍周公瑾可擔當此大任，待他回到建鄴，將此刀轉贈給周公瑾，見此刀猶如見我，必要時，可讓他出示此刀，任何人不聽從命令者，盡皆斬之……」

「諾！」

孫堅交代完遺言之後，仰望蒼穹，蔚藍色的天空中，彷彿出現了那張他最熟悉的臉龐，那個與他生死與共，叫他占據江東的人在對他微笑。

他的臉上也浮現出笑容，想道：「子羽賢弟，天不佑我啊……昔日我們的約定，我會讓我的子嗣延續下去，還希望你能夠遵守誓言，此生此世，永不背盟。孫氏、高氏世代修好……」

忽然，天空中一團白雲漂浮而過，那團白雲幻化成了一個人，身影是如此的熟悉，朝著高飛的笑臉刺了一槍，高飛的笑臉也在此時煙消雲散。

孫堅看到這一幕，臉上的笑容突然僵住了，心中暗道：「**難道一切都是天意嗎？難道吳國勢必會和燕國交鋒嗎？**伯符啊伯符，希望你能遵從為父的遺志，千萬不要和燕國為敵，否則，吳國將蕩然無存……」

一陣風吹過，吹散了那團白雲，幻化成孫策的浮雲也漸漸消失，隨之取代的仍舊是高飛掛在空中的笑臉，孫堅看不到未來，他的預測也只能維持十年，至於十年之後，他已經無法知道了。

輕輕地，孫堅閉上了雙眼，帶著一抹淡淡的笑容，離開了這個塵世……

凌操、陳武等人見孫堅停止了呼吸，不禁悲傷不已，同時哀嚎起來，少年兒郎們各個捶胸頓足，哭得傷心欲絕。

不一會兒，凌操將眼淚抹去，手持古錠刀，從地上站了起來，厲聲道：「哭！哭什麼哭！給我打起精神來，在未將大王的遺體送回建鄴之前，任何人都不准哭！追兵隨時都會來，此地不已久留，都給我上馬，回吳國。」

策瑜軍的少年兒郎們聽到凌操的話，都抹乾了眼淚，化悲痛為力量，翻身上馬，帶著孫堅的遺體，朝吳國的路奔馳而去。

陳留城內。

在燕軍的悉心照料之下，百姓得到了安撫，戰俘們也都享受到應有的待遇，陳留城又恢復了往日的生氣。

高飛還帶著傷，不過經過華佗的一番治療之後，已經能動了，加上好吃好喝的養著，短短的兩天，便恢復了往日的精神，開始著手處理一些軍政大事。

兩日內，對燕軍來說可謂是喜上加喜，首先是虎牢關那邊傳來了好消息，馬超、曹操在遭受荀諶、陳到帶兵攻打虎牢關後，只抵抗了一天，便主動放棄了虎牢關。

秦軍全線退走，在得知函谷關、弘農郡被徐晃占領之後，便改道向南，經武關回關中。陳到率軍一路狂追，與秦軍發生數次戰鬥，雙方互有傷亡，最後陳到在馬超、曹操從武關退走之後，成功占領了武關。

其次是宛城也傳來了好消息，文聘以三千輕騎從陽翟長途奔襲宛城，楚軍被攻擊的措手不及，加上城中無甚大將，而駐守城中的兵力又是原先從袁術那邊投降過來的，所以宛城令只抵抗了半個時辰，在不敵文聘的攻勢之後，主動開城投降。

文聘遂占領了宛城，並招降了宛城附近的其他幾座城池。

再次是楚軍在潁川遭到賈詡、張遼、魏延、褚燕等人的聯合反擊，加上吳國全力攻打楚國的消息一經傳出，楚軍紛紛不戰自退，本想退回宛城，哪知道已經被文聘占領，不得已之下，楚軍只好繼續向南撤退，退到棘陽一線，與宛城形成對峙。

最後是汝南傳來的好消息，楚王劉備在聽聞吳軍攻打江夏時，率領大軍從潁川撤退，欲經過汝南進入江夏，哪知道半途被黃忠帶領的燕軍伏擊，雖然損失不大，卻讓楚軍改變了行程，不得不返回南陽。

劉備聽到宛城及周邊幾個縣城被燕軍占領，便將部隊拉到棘陽，在棘陽一帶設下重重防禦，和燕軍形成對峙，又因為關羽受傷，張飛喪失鬥志而被迫撤軍，留下杜襲防守棘陽，三兄弟全部退回襄陽。

至此，燕軍終於完成了占領中原的戰略目標。

好消息連連不斷地傳來，讓受傷中的高飛也加快了復原速度。今天一早他便起來了，剛打開房門，便見卞喜慌裡慌張地跑了過來，兩個人差點撞上。

「什麼事如此慌張？」

在高飛看來，卞喜已經成為一個很穩重的斥候統帥，一般不會表現出這麼慌張的表情來，如果有，那就只能說明一個問題，**那就是出了非常重大的事情**。

「主公，吳王孫堅偷襲江夏不成，反而被田豫刺成重傷，最後在逃走的途中，因傷勢過重而身亡了。」卞喜來不及參拜，急忙將剛剛得到的消息告訴高飛。

「匡！」高飛只覺心口被重錘敲擊了一下，身子一軟，側撞在門邊，發出一聲巨大的聲響，腦中更是嗡的一聲炸開了鍋。

幸好卞喜及時扶住了高飛，才不至於讓高飛摔倒在地。

「消息……可靠嗎？」高飛不敢相信地道。

「絕對可靠，是屬下安插在楚軍和吳軍中的細作稟告的，兩人同時確認了這一點，孫堅確實是死了。」

「天意……難道這一切都是天意嗎？**江東猛虎殞命荊州，為什麼總是跳不出這個怪圈？文台兄，你撒手而去，將置我於何地？昔年的盟誓，難道就要在此畫上一個句號嗎？**」

高飛仰望蒼天，心中不勝悲傷，自言自語地說道：「**江東易主，小霸王的時代就要來臨了……**」

十天後。

建鄴城的上空一片陰霾，這幾天一直陰雨綿綿，正如所有吳國文武大臣和百姓的心情一樣，是如此的蒼涼。

建鄴城東南三十里的一個陵園內，剛剛回到吳國的孫策在雨中奔馳著，一臉的悲傷，雨水打濕了他的全身，淚水混合著雨水，心情糟糕透了。

「駕！」孫策揚起馬鞭，狠狠地抽打在座下馬上，那馬匹負痛馱著孫策快速奔跑，道路兩邊站著披著蓑衣，穿著麻衣的士兵，他們看到孫策歸來，心情既激動又悲傷。

就在半個月前，吳王孫堅還為了孫策的死，一怒之下發動全國之兵攻楚，哪知道孫策竟然沒死，安然無恙地從海路回來了，可換來的卻是吳王孫堅的辭世。

凌操帶著孫堅的遺命和屍體回到建鄴，當時群臣驚愕，舉國上下一片哀聲，張昭、張紘等人按照遺命監國，等候孫策的歸來。

可是，他們能等，孫堅的屍體卻等不了，只得發布國喪，將孫堅下葬在建鄴城外三十里處一片景色宜人的地帶。

「父王……父王……」孫策一邊策馬狂奔，一邊歇斯底里的喊道。

終於，他看到了孫堅的陵墓。

由於倉促下葬，陵墓修建的並不是很氣派，不過，這也是按照吳國大妃的意思去辦的，因為孫堅個人崇尚節儉。

福不雙至，禍不單行，就在孫堅的遺體運回建鄴城的第二天，吳大妃傷心過度，竟而臥床不起，遍訪名醫，群醫皆束手無策，於第三天便辭世了。張昭、張紘隨即按照吳大妃遺願，將二人合葬於此處。

淫雨霏霏，不止不休。

陵墓前，一個身穿喪服的貴婦帶著幾名幼小的男童、女嬰跪拜在那裡，青羅幔帳撐起了他們頭上的一片天，不至於讓他們受到雨水侵襲。然而，卻無法阻止他們心中的傷心雨。

貴婦身邊跪著一個八歲大的男童，男童個頭雖然不高，身上卻披著一身鐵甲，頭頂鐵盔，顯得威武異常。

此時，他聽到背後馬蹄聲響起，孫策叫聲不斷，臉上一喜，急忙站起來，搖著身邊貴婦的手臂說道：「姨母，兄長回來了，兄長回來了……」

說完，撒腿便朝外跑，高舉著一雙小手，朝孫策用力的揮著，大聲叫道：「兄長！兄長！兄長！」

孫策見男童揮臂相迎，便勒住馬匹，從馬背上翻身跳了下來，一把將男童抱了起來，徑直朝那青羅幔帳走去，一聲不吭，臉色也陰沉下來。

「伯符……你終於回來了……」

貴婦便是孫策生母之妹，是孫策的姨母，姐妹二人先後嫁給了孫堅，所以吳國人皆稱吳二妃。

吳二妃領著幾個孩子，懷中還抱著一個女嬰，暗自垂淚，泣不成聲。

此時，三個大小不一的男童抱住了孫策的腿，哭道：「兄長……父王沒了……兄長，父王再也不能陪我們玩了……」

此情此景，教人如何不垂淚呢？

孫策滿含熱淚，將懷中抱著的八歲男童放在地上，「撲通」一聲跪在地上，朝孫堅和吳大妃的陵墓一連叩了十幾個頭，直到額頭出血。

「兄長，人死不能復生，請兄長節哀。害死父王之人乃楚王劉備，兄長歸來，應該即刻率領大軍，傾全國之兵滅楚，為父王報仇！」

八歲男童生得紫髮碧眼，目有重瞳，眸子裡射出道道精光。另外，他方頤大口，雖不及孫策風流倜儻，英俊瀟灑，形貌奇偉卻也異於常人。

孫策聽後，瞥了一眼那男童，皺起眉頭道：「仲謀，你這身打扮，莫不是要隨我一起上陣殺敵嗎？」

「正是！此仇若不報，難以存於天地之間！」

男童乃孫策胞弟，孫堅第二子**孫權**，雖然比孫策小七歲，骨子裡依然流著孫氏的那股熱血。

而環繞在孫策和孫權身邊的三個年齡不一的男童，同樣也是孫堅的兒子，分別是孫翊、孫匡和孫朗。只不過三個男童年紀太小，懂得不太多，不像孫權那麼有見地。

「仲謀……不愧是我孫氏男兒……」孫策一感動，將孫權緊緊地抱在懷裡。

「兄長，鬆開，鬆開，你抱得太緊，我喘不過來氣了……」孫權吃力地說著，試圖掙脫孫策的懷抱。

此時，站在另一側的張昭、張紘、程普、韓當、祖茂、呂範一起走了過來，向孫策參拜道：「臣等參見少主！」

孫策抹去臉上的眼淚，遍覽群臣道：「幸賴諸位大人、將軍，吳國才不至於出現動盪，我想知道，我父王是被何人所害？」

「楚將田豫！」

「程將軍、韓將軍，請你們二位整頓兵馬，我要親自率軍出征，再攻江夏，要傾全國之兵滅楚！」孫策一臉煞氣地說道。

「兄長，我跟你一起去！」孫權立即站了出來，握了一下懸掛在腰中的短劍，也是一臉殺氣。

眾人聽後，都面面相覷。

張紘勸道：「少主，大王立有遺命，一旦少主回國，便即刻繼任王位，並且囑咐少主悉心處理政務，待吳國軍備整齊，兵馬強壯之後，才可發兵攻打滅楚……」

「國不可一日無君，當務之急，請少主繼任王位，執掌國中大權，至於滅楚之事，不可操之過急。滅楚之事事關重大，絕對不能草率，必須要做到兵力調度和糧草支度統一才行。少主，滅楚乃我軍頭等大事，然而請少主設身處地的想一想，以目前我軍之實力，怎麼可能打得過楚軍？何況，荊州水軍名動天下，我軍連一支像樣的水軍都沒有……」呂範義正言辭地道。

孫策看了看呂範，覺得呂範說的極有道理，便點點頭道：「那就擇選吉日，繼任王位，執掌全國。」

呂範和孫策是好友，又和周瑜交厚，所以他的話，孫策能夠聽得進去，而且他也是以吳國的現狀據實以告，這才成功說服了孫策。

孫策祭拜了一番自己的父親、母親，之後便攜帶群臣、諸王室回建鄴了。路上，孫策單獨將呂範叫到身邊，感激道：「子衡，今天若不是你的話，我肯定會頭腦一熱，率軍就衝出去了，估計誰也遮攔不住我，真是太謝謝你了。」

「少主說的哪裡話，臣跟隨少主，就是要為少主著想，如今吳國利弊就擺在少主眼前，就算臣不說，少主俄而也會弄清楚的。」

呂範是汝南細陽人，黃巾之亂時，隨父遷徙到揚州壽春避亂，孫策率領策瑜軍攻打壽春的時候，呂範便帶著一百多食客歸附了孫策，雖然沒能加入策瑜軍，但是沒有擋住他和孫策的友情。而且呂範很會察言觀色，也很會說話，所以深得孫策的信賴。

「子衡，以你之見，如果我軍要建立一支真正的水軍，當如何是好？」孫策想了一會兒，緩緩地問道。

「以臣之見，當**效法燕國**。」

「燕國？」

孫策聽到這個名字就很頭疼，他一回國，見到闞澤，便明白了孫堅出兵的真相。他知道劉備絕對不會引火焚身的，傳給孫堅他的死訊的人，必然就是高飛。所以，他的心裡對高飛埋著一團火。只不過因為燕軍強大，一直沒有發洩出來，準備臥薪嚐膽，徐徐圖之。

「少主還在為之前的事耿耿於懷嗎？軍師張紘已經將事情解釋得一清二楚，先王出兵，並非因少主死因，而是確實看中了楚軍空虛的機會……」

呂範怕引起孫策的反感，後面的話就直接跳了過去，繼續說道：

「燕國的大船想必少主也曾經見過，那麼大的船，絕非荊州水軍能比。雖然那船是海船，只適合在海中行走，但是燕國既然能夠造出那麼大的海船，就一定能夠造出其他各種各樣的船隻，也說明燕國的造船工藝一點都不比南方的人差。」

「你的意思是……」

「先王曾有遺言，要保持和燕國的友好關係，之前和燕國簽訂的貿易契約都要維持原狀。南船北馬，吳國的造船工藝也不差，可是缺少的是眼界，上次燕國大船駛進曲阿的時候，沿江的漁民都震驚無比，他們從沒見過那麼大的船。臣以為，當派遣工匠到燕國學習造船技術。」

「南人向北人學習造船技術？這不是天大的笑話嗎？」

「少主，難道你還不明白嗎？燕王高飛絕非等閒之輩，他的許多想法和我們完全不同，鐵浮圖橫掃中原，如今燕軍的海船又如此雄偉，加上一些施政方針，都值得我軍學習。」

孫策想了想，也覺得很有道理，他還從燕國帶回來了信鴿和連弩呢，燕軍正因為有這種看似很小的東西，才增加了他們的實力。

他點點頭道：「那你認為，當派何人為使出使燕國呢？」

「**非周公瑾莫屬**！」呂範回答道。

「公瑾？哈哈哈……確實非他莫屬，他可是燕國的郡馬，以他為使到燕國，萬事都會變得相對輕鬆起來。」

孫策一行人回到建鄴城後，群臣在張昭、張紘的率領下，舉行了等待好幾天的繼任大典。

吳王宮的大殿上，群臣尚且沉浸在悲傷之中，情緒也十分低落。

孫策已經沐浴更衣了一番，如今穿在他身上的是一件王袍，全身上下透著一股高貴之氣。

孫策在幾個宮人的陪同下走上大殿，見大殿內氣氛壓抑，群臣盡皆垂頭喪氣，尚有一些大臣對他的繼任持有懷疑的意見。

「諸位大人、將軍，從今天起，我孫策將接替父王大位，帶領你們共建吳國霸業。父王的遺志由我繼承，希望各位大人、將軍能夠不遺餘力的協助我，開創吳國霸業。」

孫策站在王宮的大殿上，已經沒有剛才在陵園的傷感，**他將難過埋藏在心底最深處，準備用自己的雙手開創一個前所未有的局面。**

「大王威武！大王威武！」周泰、凌操、陳武、魯肅、呂範等人異口同聲地喊道。

可是，他們的喊聲在空曠的大殿上卻顯得有點力道不足，程普、黃蓋、韓當、祖茂等孫堅舊部的臉上都帶著一絲的不信任，他們擔心年僅十五歲的孫策，是否能夠撐起吳國這片天。

張昭、張紘面無表情地站在那裡，一言不發，深邃的目光中古波不驚，看不出他們到底在想什麼。其餘在場大臣的心裡都各懷鬼胎，臉上明顯露出對孫策的不信任，畢竟孫策太過年輕，吳國重擔又太過重大。

大殿內靜謐異常，諸位大臣的目光時不時的便看向孫堅之弟、吳郡太守孫靜的身上，其意思顯而可見。

孫靜倍感壓力，他與孫氏其他族人並列站在王宮大殿的臺階下，見眾位大臣都將目光落在他的身上，不禁覺得渾身不自在。

果不其然，此時張昭第一個站了出來，朝孫策抱拳道：

「少主，吳王大位不可小覷，少主果敢驍勇，然而卻缺乏歷練，雖有先王遺命，當此多事之秋，臣恐少主不足以威懾全國。吳郡太守孫幼台一直跟隨先王左右東征西討，為人持重且顧大局，臣為吳國將來計議，不若少主晚幾年繼任吳王大位，暫且設立一個攝政王，由孫幼台出任，等吳國渡過了難關，再還政於少主，不知道……」

「不行不行……伯符繼任吳王大位，乃先王遺命，我才疏學淺，文不成，武不就，就連一個太守當的都有點困難，何況伯符驍勇異常，曾經率領策瑜軍立下不少功勞，已經歷練夠了，足可以肩負起吳王大任。國相大人，請你切莫違背先王意思。」孫靜急忙推辭道。

「孫大人，你的功績，諸位大臣有目共睹，吳郡在你的治理下，百姓安居樂業，治安穩定，先王也曾經說孫大人有治國之才。如今吳國人心惶惶，正需要一位德高望重者出來穩定局面，縱觀先王宗室，也唯有你孫幼台一人而已。」

張昭據理力爭，他怕孫策年輕氣盛，一旦將他拱上王位，待國喪一過，就會舉兵伐楚。

張昭對孫策的印象並不好，主要是孫策個性張揚，手下還有策瑜軍這幫年少輕狂的人，出於對吳國未來的考慮，他毅然做出了這個決定，聯合群臣阻撓孫策繼任王位，只要暫緩個兩三年，吳國就可以逐漸安定下來。

話音一落，其餘與張昭交厚的文官都隨聲附和，有些武將也跟著瞎起鬨。一石激起千層浪，程普、黃蓋、韓當、祖茂、張紘五人一言不發，不做任何表態。

「國相大人！你這話是什麼意思？先王遺命就是讓少主繼任王位，你這樣阻撓，難不成你裡通外國不成？」周泰站了出來，一臉氣憤地指著張昭，呵斥道。

「你血口噴人！我只不過是為了吳國的未來著想，哪有什麼私情?!」

張昭見周泰跳出來，還指著他的鼻子暴喝，讓他顏面何在，便冷笑一聲，道：「你一個小小的校尉，居然敢對本府如此說話，江賊就是江賊！」

周泰一聽這話，臉上霎時變得殺氣騰騰，喊道：「你再說一遍！」

「當了校尉，也別太得寸進尺了，你做過江賊，這是事實，永遠都改變不了。」張昭譏諷道。

「你……」周泰怒了，大步流星地朝張昭走了過去。

「幼平！退下！不得對國相大人無禮！」孫策看不下去了，呵止道。

「可是大王，國相大人目中無人，他居然把先王遺命置於不顧……」周泰停住了腳步，望著孫策說道。

「退下！」孫策再一次暴喝道。

周泰不敢違抗，退回原位，凌操、陳武急忙過來安慰。

魯肅就站在周泰身邊，朝周泰挪了一步，貼近他耳邊小聲地說道：「幼平，你辦了一件蠢事！」

「此話怎講？」周泰不解地道。

「國相大人所擔心的，就是大王和策瑜軍的將士，策瑜軍的將士都是什麼人？江賊、草寇，山賊，流氓應有盡有，雖然跟隨大王後，已經不再是昔日的風氣，但是骨子裡還是透著一股子野蠻。我想，國相大人之所以阻攔大王接替王位，無非是害怕大王頭腦一熱，帶著軍隊便去攻伐楚國罷了。先王在世時，國相大人就極力反對攻伐楚國，何況大王乎？你剛才被他激怒了，你看著吧，一會兒其他大人們也該對大王的能力產生更大的質疑了。」

「我……我不是故意的……」周泰恨不得找個地洞鑽進去，一臉的羞愧。

「算了，大王不會責怪你的，該來的始終會來，這個時候反對，總比大王接替王位以後反對要好，至少大王以後也知道該怎麼做了。」魯肅道。

「那現在怎麼辦，如果少主接替不了王位，那不就是讓國相大人如願了嗎？」周泰擔心地說道。

「噓！別吵，有他在，萬事可以迎刃而解！」呂範突然插話道。

「誰？」周泰、凌操、陳武齊聲道。

「他來了。」魯肅、呂範臉上浮現出笑容。

周泰、凌操、陳武朝殿外看去，但見周瑜一身戎裝的從雨中走來，三人心裡頓時燃起了希望。

孫策站在大殿上，斜視了張紘一眼，問道：「軍師也和國相大人是一樣的意見嗎？」

張紘向前一步，抱拳道：「恰恰相反。」

「子綱，你……」張昭聽到張紘的這句話，不禁心中一怔。

張紘走到大殿中央，朝所有文武拱手道：「諸位大人、將軍，先王留有遺命，讓少主繼任王位，並且讓我和國相大人負責監國，如今先王屍骨未寒，吳國境內人心惶惶，如果我們內部不團結，不能夠做到上下一心，不管是誰接替了王位，吳國都不會長久。所以，我遵從先王遺命，極力擁護少主繼任王位。我相信先王，正如先王當年相信你們一樣。」

話音一落，張紘便朝孫策跪拜道：「臣張紘，叩見大王！」

「臣等叩見大王！」周泰、凌操、陳武、魯肅、呂範、孫靜、孫權等人聞言，也立刻跪在地上叩拜道。

程普、韓當、黃蓋、祖茂四將亦是跪拜道：「臣等叩見大王！」

張昭和其他反對孫策的人，還矗立在那裡，畢竟反對的人數占多數，同意的人數只是極少數。

「砰！」

一聲巨響從大殿外面傳來，全身濕透的周瑜映入大家的眼簾，手中握著的古錠刀垂在地上，在吳王宮大殿的地面砸出一個小坑。

張昭扭過頭，看到周瑜竟然出現在這裡，便皺起眉頭，問道：「周公瑾，你不得王令傳喚，怎敢擅自回王城？」

周瑜沒有理會張昭，將古錠刀扛在肩上，大踏步地朝大殿正中走了過去。

此時，群臣的目光都被那把古錠刀所吸引，記得凌操曾經說過，這把刀是先王交給周瑜的，見此刀如同見到先王。

周瑜在群臣異樣的目光中走到大殿正中央，「刷」的一聲，將古錠刀拔了出來，寒光閃閃的古錠刀，瞬間威懾眾位大臣的心理。

張昭見周瑜拔刀，呵斥道：「周公瑾，這裡是吳王宮大殿，你攜帶兵器進入大殿，還拔出兵刃，是何居心？」

周瑜冷笑一聲，將古錠刀拋給孫策。孫策一把接住古錠刀，頓時愛惜萬分。

「此刀乃先王之物，雖臨終遺命轉交給臣，臣覺得，與其在臣的手中，還不如歸還給大王，只有大王才配擁有此物，可以繼承此刀。先王遺命，見此刀猶如見先王，加上也留有遺命，讓少主繼任王位，臣不敢違抗，請少主即刻舉行繼任大典。」說完，周瑜便跪在了地上。

突然，大殿外面，三千策瑜軍湧到大殿外的廣場上，站在風雨中，整齊的排列著，異口同聲地喊道：「叩見大王！叩見大王！叩見大王！」

聲音如陣陣滾雷，震懾大殿上的每一個人，直沖雲霄。

張昭見其餘大臣都陸續跪下，就剩下他一個人站在那裡了，顯得格外的引人注目。

「叩見大王！」群臣異口同聲的說道。

孫策將古錠刀一揮，寒光在張昭眼前閃了一了，看著張昭，問道：「國相大人，我是否可以繼任王位？」

張昭無奈，嘆了一口氣，勉強跪了下來，向著孫策叩首道：「臣張子布，叩見大王！」

孫策坐在王座上，一派威武不凡的模樣，將古錠刀立於胸前，大聲喝道：「從今天起，我孫策，接替父王之位。諸位請起！」

「多謝大王！」

大殿外面，三千策瑜軍隨之而起，全副武裝的他們，高聲歡呼道：「大王威武！大王威武！大王威武！」

孫策走下臺階，從周瑜手中接來古錠刀的刀鞘，還刀入鞘後，將古錠刀交給周瑜，說道：「此乃先王遺命，既然讓你執掌古錠刀，必然有其深意，現在我將此刀還給你。」

周瑜笑了笑，接過古錠刀，什麼話都沒說。

孫策也笑了，兩人只需要一個眼神，不需要太多的言語，便足以知道對方心中所想。

「報——」一名斥候從吳王大殿外面急速跑來，拉長了聲音，喊道。

孫策徑直朝殿外走了過去，迎上那名斥候，問道：「何事？」

斥候喘了一口氣，急忙說道：「蜀王劉璋以續漢統為名，於半個月前在成都稱帝，國號漢，改年號為建元元年。另外，消息傳到荊州，楚王劉備也以漢室後裔，續漢統為名，在襄陽稱帝，國號漢，改年號為天統元年。」

眾人聽後，都一陣驚詫。

「劉璋、劉備均為漢室後裔，沒想到會先後稱帝，一下子出來兩個漢，加上馬騰，天下就有三個皇帝了，實在是前所未有……」孫策咋舌道。

「大王，如今大漢已經滅亡，從漢末紛爭到現在稱霸一隅，接下來的路會很難走。劉備、劉璋都稱帝了，我們也不應該落後。臣懇請大王即日稱帝，我吳國軍民必然會為之歡呼。」張昭審時度勢，當即勸道。

孫策不動聲色，問斥候道：「燕國可有動靜？」

「燕國自從奪取中原之後，將兵力集中在與別國相鄰的各個重鎮上，劉璋、劉備稱帝的消息也必然已經傳到燕國，不過燕國卻一直沒有任何動靜！」

「連強大的燕國都沒有稱帝，劉璋、劉備就先坐不住了，跳梁小丑，不足為慮。燕國不稱帝，吳國就不稱帝。」孫策堅決地說道。

「啟稟大王，燕國派來的使臣，代表燕侯前來弔孝……」又一名斥候跑進來道。

孫策聽後，道：「帶燕使到大殿來！」

吳王宮的大殿上，文武群臣盡皆站立在兩側，宗室退到後殿，孫策高坐王位之上，眼睛盯著從外面趕來的燕國使臣。

「外臣司馬朗，見過吳王殿下。」軍師祭酒司馬朗，受命出使吳國，一進入大殿，便很有禮貌地朝孫策拜了一拜。

「見到本王，為何不下跪？」孫策見司馬朗只是朝著他拱拱手，卻沒有下跪，喝問道。

「外臣非吳國之臣，為何要給吳王下跪？上跪天，下跪地，中間跪君和父母，所以不能下跪！」司馬朗絲毫不畏懼地說道。

「好一張伶牙俐齒的嘴，你就不怕激怒了本王嗎？」

司馬朗笑道：「大王本就在怒氣中燒，根本用不著外臣來激怒。外臣此次前來，是給大王降降火氣的，也是代表我家主公前來祭奠已故先王的，並且還帶來了我家主公送給大王繼任吳王大位的一份厚禮。」

「哦？什麼厚禮？」

司馬朗當即從袖子裡拿出一份禮單，雙手高高捧起，朗聲說道：「厚禮已經由陸路運抵廬江境內，廬江太守顧雍將其暫時扣押在廬江郡，這是禮單，請吳王殿下過目！」

宮人接過那份禮單，呈給孫策，孫策打開後，匆匆一覽，當下眼前一亮，嘴角現出一絲詭異的笑容。最後，他又不敢相信地再仔細看了一遍，這才將禮單合上。

在場的大臣都看得一清二楚，雖然不知道禮單上寫的是什麼，但是能讓還在傷心中的孫策開心的露出笑容，可見那份禮單的分量不輕。於是，各位大臣的心裡都在暗自猜測，到底燕國送的禮物是什麼。

孫策定了定神，舉起那份禮單，問道：「燕國果然是財大氣粗，送的禮物也不同凡響，這禮確實貴重，本王若是不收下，那豈不是看不起燕國嗎。司馬大人，我只想知道，你家主公為何會送如此厚禮？」

司馬朗道：「我家主公和吳國先王情同手足，這份情誼永遠不會忘記。得知吳國先王被楚軍所害之後，當場就昏厥過去，並且下令大軍滅楚。然而，我主因為太過憤怒，引發了舊傷，傷口迸裂，臥床不起，需調養一段時間，只好作罷，以求徐徐圖之。如果不是因為這個，今日站在吳王宮大殿之上的，應該是我家主公才對。我主念及往日情誼，特派遣外臣前來弔孝，並奉上厚禮恭祝大王繼任。」

「你主受了什麼傷？」孫策狐疑問道。

「哎！別提了，都是那該死的楚軍，竟然在兵刃上淬毒，若非神醫華佗在陳留，恐怕我主性命堪憂。吳王殿下，除此之外，我主還有一事，不知道吳王殿下能否答應。」

「你且說說看。」

司馬朗頓了頓道：「我主聽聞吳王有一妹，尚不足一月，恰好我主上月也喜得貴子，想與吳王定下這門親事，兩國聯姻，喜上加喜，繼續和睦友好的相處下去，不知道吳王可否答應？」

孫策皺起眉頭，心中暗道：「這高飛搞什麼名堂，先送我一份厚禮，現在又來聯姻，到底居心何在？難道……和父王生前的約定有關？到底是什麼約定？一會兒還要問問程普、黃蓋他們……」

他斜看了眼周瑜、魯肅、呂範和張紘四人，見四個人都點點頭，認為聯姻對吳國的將來有莫大的好處，於是，他點點頭道：「好吧，既然如此，那就把這門親事定下來，等到我妹年滿十五歲時，便親自送她到燕國完婚。」

「吳王明智，天下少有，我謹代表我家大王謝過吳王殿下。」

孫策呵呵笑道：「其實你不提出來，我也會向你主提的。只是，這時間太長，不知道你主可還有什麼女兒、侄女的嗎？本王至今未娶，也想在你主的親戚中找個妻子，不知道你可否將本王的意思傳達回去？」

司馬朗道：「一定一定。吳王殿下，能否讓外臣去先王陵墓祭拜一下呢，畢竟這才是外臣來吳國最主要的目的。」

孫策道：「周泰。」

「末將在！」周泰一步跨了出來，抱拳道：「大王有何吩咐？」

「你帶司馬大人去先王陵墓祭拜。」

「諾！」

「外臣告辭！」司馬朗緩緩退出大殿，隨周泰消失在大殿當中。

第五章

麒麟兒

蔡邕見到高飛，很是激動，道：「見過主公！」得知外孫叫高麒，公輸菲生的兒子叫高麟後，暗暗揣測道：「麒麟乃是天上的神物，他將麒麟作為兒子的名字，不就是在暗指麒麟兒的爹很了不起嗎？難道他是準備要稱帝了？」

孫策見司馬朗走遠了以後，對周瑜說道：「公瑾，南征山越之事，進展的如何？」

周瑜彙報道：「山越人數眾多，非一朝一夕所能平定，臣已留下了兵馬駐守，並且與當地越民約法三章，都得到了各部族首領的同意，表示願意和睦相處。不過，這並非長遠之計，因為山越居住的地方分布很廣，臣所去攻打的，也只不過是其中一部分而已，南方大部分山越仍然具有威脅。然經過此次征討，山越也見識了我軍的實力，不敢輕易造次，臣敢保東南兩年內無虞。」

孫策聽後，繼續說道：「如此最好，趁這次燕使到來，我正好有件事想跟你說……」

話說到一半，孫策突然意識到自己還在大殿中，便對群臣道：「諸位大人、將軍，請各司其職，除了張紘、魯肅、呂範、程普、黃蓋、韓當、祖茂以及公瑾之外，其餘人可以全部退下了。」

「諾！」

張昭走的最不情願，見孫策留下張紘沒留下自己，內心也是久久不能平復，可是這也怪自己，好端端的，為什麼要阻撓孫策繼任王位呢，結果偷雞不成蝕把米。

「哎！」張昭嘆了一口氣，轉身朝外面走去。

「哦，相國大人請留步，剛才本王一時忘記叫你的名字，你也請一起留下。」孫策一直在注意著張昭的一舉一動，這一次，他是故意這麼做的，就是要給張昭小懲大戒。

張昭聽到孫策的話後，內心裡感到一股暖流，轉身留在了殿內。

孫策見眾臣差不多都走完了，大殿內只剩下他留下來的人，便走下王座，將禮單交給眾人傳閱，同時對周瑜道：

「公瑾，我想請你出使一趟燕國，用你的智慧，帶回一些有利於發展我吳國的施政方針和燕國的秘密，不知道你可否願意？」

周瑜想都沒有想便點頭答應了，說道：「大王心意，公瑾明白，必然不會辜負大王所托，等司馬朗走時，我便隨他一起去燕國。不過，可能要在燕國逗留一年或者兩年。」

「這麼長時間？」

「時間不長，根本打探不到什麼秘密，必須要取得燕國的信任才行。大王放心，一年半以後，臣必然回到吳國，並且帶著大王所需要的東西回來。」周瑜道。

孫策聽後，點點頭，用目光掃視程普、黃蓋、韓當、祖茂四人，問道：「四位將軍都是跟隨先王南征北戰的大將，也都曾立下赫赫戰功，可以說，沒有四位將軍，就不會有吳國，四位將軍，請受伯符一拜！」

程普、黃蓋、韓當、祖茂四個急忙前去攙扶，齊聲道：「大王，這可使不得啊……」

「四位將軍乃吳國支柱，理當受我一拜，有什麼使得使不得的？」說完，孫策便朝四人拜了拜。

程普、黃蓋、韓當、祖茂立即抱拳道：「臣等以後願意聽從大王調遣，誓死保護大王，保衛吳國。」

「四位將軍的心意本王明白……只是，我有一件事想請問四位將軍……」

「大王有什麼事儘管問，我等知無不言。」程普、黃蓋、韓當、祖茂異口同聲道。

「**本王想知道，幾年前，在群雄討伐董卓的時候，先王和燕侯高飛曾經有過什麼約定？**本王記得，當時四位將軍也在場……」

四人面面相覷一番後，最後程普開口說道：「大王，當日燕侯曾經為先王定下攻取江東的計策，並相約先王以江東優勢地利，吞併荊襄、巴蜀之地，燕侯則以遼東為基徐徐圖謀河北、中原、關中、西涼，以達到平分天下之勢。最後，再由先王、燕侯一起拱衛漢室，將兩家兵馬合二為一，復興漢朝，共同執政，建立一個新的大漢。」

在場的人聽後，這才終於明白，為什麼孫堅對高飛如此感恩戴德，為什麼程普、黃蓋、韓當、祖茂對高飛是如此友善，原來，最初獻策鼓動孫堅攻打江東的就是高飛，而且他們兩人居然還有一個如此驚人的約定。

只是此一時，彼一時，漢朝早已不復存在，劉璋、劉備雖然均以續漢統為名，分別在成都、襄陽稱帝，但是劉璋的蜀漢、劉備的荊漢都不配叫大漢。

孫策徹底明白了，再看看這份禮單，難怪高飛會下如此厚禮，原來是這個原因。

眾人看完禮單後，周瑜問道：「大王，既然這份禮單如此厚重，臣以為，燕國就不必臣去了吧？」

孫策點點頭道：「諸位，即刻讓顧雍將燕國的禮物盡數運到建鄴來，這份厚禮對我軍實在太重要了。看來，高飛的一連串做法，確實按照了和先王的約定，既然是真心在幫我們，那麼我們就遵循先王遺志吧，將荊漢、蜀漢全部攻下！」

「諾！」

隨後，孫策單獨留下張昭一人，空曠的大殿內，靜得異常。

張昭有點心虛，不知道孫策將他特別留下有什麼意思，心虛地道：「大王，有什麼事儘管開口，需要臣做什麼，臣就儘量去做好了。」

「相國大人，先王遺命，讓你和軍師張紘一同監國，先王的意思很明確，就是讓本王仰仗相國大人。可是，相國大人今日所做之事，卻實在讓本王寒心……」

「大王，其實臣這麼做也是為了……」張昭解釋道。

「不必解釋了，本王都知道。相國大人一直為國事操勞，勞苦功高。而且，昔日先王平定江東時，也是借助了相國大人的策略。先王是個受人滴水之恩，當湧泉相報的人。自相國大人跟隨先王一來，就一直被先王視為座上賓，及後來吳國建立，更是被先王先後任命為國相、相國，總署全國政務，也正是因為有相國大人，吳國才得以安定，吳國才得以強大。

「本王記得，先王曾經三次和袁術爭奪壽春，所需兵餉、糧草全部由相國大人調度，如果不是相國大人，壽春絕對不會被攻下。相國大人如此豐功偉績，今日大殿之上所做的事，**莫非是擔心本王繼任之後罷免了你的相國之位不成？**」

張昭急忙擺手說道：「不不不……臣絕無此意，臣之所以這麼做，也是為了吳國著想，臣……臣……哎！」

孫策插話道：「是不是因為本王手下的策瑜軍？」

「正是！」

張昭見孫策已經猜出來了，也不再隱瞞了，坦誠道：

「策瑜軍乃大王一手建立，均是少年兒郎，雖然作戰勇猛，卻也有其弊端。他們當中有許多都是做過江賊、山賊、草寇的人，並非良家子，而且僅僅憑藉一股熱血是遠遠不夠的，好勇鬥狠的他們，絕對會成為大王的絆腳石。臣知道大王和策瑜軍的將士們感情很好，一旦大王接任吳王大位，策瑜軍必然會成為大王的一支近衛親軍。萬一以後有人鬧事，必然會轟動整個王宮，為了防患未然，臣也只能出此下策，讓大王暫緩接任，待以後臣想出辦法後，再由大王出任。」

孫策聽後，終於明白了，對張昭道：「相國大人儘管放心，策瑜軍從此以後將不復存在，本王會妥善安排的。還請相國大人以後繼續為國盡忠，有什麼事，可以直接找本王商議，本王有勇略，卻沒多少智略，以後興盛吳國還得仰仗相國大人！」

張昭聽了深受感動，**原來孫策留下他不是找麻煩，而是解決誤會**，當即拜道：「大王，從此後，張子布必定為國盡忠，萬死不辭。」

「好，相國大人，請隨我來，我已經讓人備下薄酒。」孫策笑呵呵地拉著張昭便朝偏殿而去。

吳王宮的偏殿中，孫策準備了豐盛的酒菜來宴請張昭，兩人也消除了之前的誤會。

席間，孫策向張昭詢問了一些治國之方，張昭也都一一進行了回答，君臣兩個人相處的十分融洽。

「大王，臣有一事不明，不知道當講不當講。」張昭一臉的疑惑，緩緩地說道。

「但說無妨。」

張昭道：「燕侯派使臣送來的禮物中，包括一千張連弩，五百副鋼製盔甲，五百柄鋼刀，還有造船的圖紙……燕國之所以強大，正是擁有了別國所沒有的東西，大部分燕軍士兵用的都是鋼製的盔甲和武器……百煉鋼的技藝並非每個鐵匠都會，在吳國，能夠擁有一把鋼刀的人簡直是少之又少，可燕國從上到下幾乎人人都有，這足以使得燕國變得強大……只是，**為什麼燕國會把這些最為重要的禮**

物送給我們？難道就不怕我們仿製出和他們一模一樣的武器和盔甲嗎？」

孫策也是同樣的疑惑，但是至今還沒有找到答案。他勉強的將這認為是高飛在幫助吳國，如今高飛幾乎要完成統一北方的大業了，可吳國卻是積弱不振。

「也許是因為和先王的那個約定吧……」

孫策喝了口酒，實在想不通別的原因了，淡淡地說道：「不管是什麼原因，總之要和燕國友好和睦的相處下去。相國大人，我想請你在全國召集能工巧匠，全部彙聚到建鄴城來，對燕國送來的一千張連弩進行仿製，並且以造船的圖紙打造大型戰船。另外，召集所有鐵匠，彙聚于會稽郡，尋訪冶煉名師，教授所有鐵匠掌握百煉鋼技藝，燕國有的，吳國也一定要有，絕對不能仰人鼻息。」

「諾！」

「燕國使臣離開之時，再派遣一位使者出使燕國，向燕國表示我軍的友好之意。」

「諾！」

經過兩個半月的征戰，燕軍終於如願以償的占領了中原，暫時停止征伐。

高飛將大部分兵力布置在弘農、南陽的宛城、汝南三地，先以徐晃為弘農太守、安西將軍，在繼續率領周倉、廖化、高林、王文君等人的基礎上，又給徐晃派去了一萬士兵，命令徐晃就地修建關隘，與潼關形成對峙。

其次，以張遼為安南將軍，率軍留鎮宛城，讓文聘、魏延副之，時刻注意著已經稱帝的劉備動向。緊接著以陳到為平西將軍，讓其留守武關。最後，以黃忠為汝南太守、鎮南將軍，率部留守汝南，和張遼互為犄角，鉗制劉備。

轉眼間，已經到了秋頭夏尾，天氣也變得相對涼爽起來，但是，在高飛的心裡，有一些事情還是那麼的燥熱，不處理好，他根本睡不著。

七月二十六，出使吳國的司馬朗回到陳留，並且帶回了吳國的使節，使節送上厚禮，表示願意和燕國永久和睦相處下去，高飛接見完吳使後，擔心的事情也放了下來。

八月初一，傷勢漸漸好轉的高飛在陳留城召見被俘虜的魏軍將領。

陳留城的太守府中，以李典、樂進二人為首的一批魏軍降將站成了兩列。

高飛端坐在大廳中，看了眼手中的那份長長的被俘虜的名單，見上面寫著李典、樂進、董昭、毛玠、呂虔、任峻、夏侯離等人的名字，再環視一遍眾人，放下那份名單，朗聲道：

「魏國已經不復存在，曹孟德雖然僥倖逃走，卻歸附了秦軍，如今中原為我所占有，諸位皆是魏國的棟梁，不知道可否願意為我燕國效力，共同治理中原，使燕國繁榮昌盛呢？」

「敗軍之將，何敢言勇，我等願意歸降，為燕侯效犬馬之勞。」

李典、樂進在被俘之後不久，就有了歸降之意，害怕會因為自己而連累家人，所以高飛的話一落，二人便率先表示意願。

董昭、毛玠、呂虔、任峻面面相覷，四人心知肚明，天下大勢已經明確的趨向高飛這邊，隨即也紛紛表示願意歸降。

當眾人都跪在地上表示願意歸降的時候，只有夏侯離一個人，一臉冷漠地站在那裡，一副不卑不亢的樣子。

高飛讓其他人都起身，各自去歇息，將他們交給賈詡，量才而用。

待眾人離開後，高飛斜視看了夏侯離一眼，見夏侯離長得眉清目秀的，隨口問道：「你就是夏侯離？」

「行不更名坐不改姓，夏侯離便是在下，要殺要剮，悉聽尊便。」夏侯離依舊穿著男兒的衣服，一身勁裝裹身，掩蓋住她原本的女性氣息。

「我聽說你是名女子，不知道是真是假？」

「是女子又怎麼了？總比那些沒有氣節的男人要強多了。」夏侯離口氣冰冷地道。

「呵呵，看來還是個烈女。我問你，你真的不願意歸順我嗎？」

「寧死不從。」

「嗯，你若恢復女兒身，再打扮打扮，也是名美女，只是可惜了你這臉蛋和身材了，不過，在賜你死之前，也不會便宜你的。你是虎衛軍的一員，垣雍城一戰，你帶領部下殺死我大燕不少將士，這個仇，我大燕的將士可都是銘記在心。為了讓那些將士能夠安息，我準備把你賞賜給我的部下，讓你做營妓，以慰勞我那些出生入死的部下。你覺得怎麼樣？」

「你真卑鄙！不過，身體是我的，我絕對不會讓你得逞，如果你不讓我痛快的死，我只能自盡了。」

「想死啊？也不是不行，但是就算你死了，我也不會放過你，也要讓士兵借用你的屍體，我想，那些尚未經過人事的士兵們，肯定會很樂意享受那種美妙的……」

「你……你無恥！」

「我是無恥，我從來沒說過我是正人君子。不過，我還有一個條件，只要你答應了，我就放過你。」

夏侯離急忙問道：「什麼條件？」

「你還記得是誰把你抓到的嗎？」

「記得，化成灰我都記得，張郃！」

「嗯，看來你對他印象很深啊……我的條件就是，**只要你願意嫁給張郃，我就放過你，從此再也不會為難你。**」

「嫁……嫁給張郃？」夏侯離頗感意外。

「不錯！嫁給張郃，你們兩個完婚，你成了張郃的妻子，我自然不會為難你了。」

夏侯離陷入了沉思，自從她被張郃俘虜之後，張郃從未為難過她，還派人看護她，好吃好喝的供著。

在她的內心深處，垣雍城樹林中的一戰，張郃無意間碰觸了她的胸部，加上張郃武功不弱，能將她生擒，其實內心早已烙上了張郃的影子，如果不是身處敵對的雙方，以她這種敢作敢當的個性，必然會主動讓張郃娶她。

高飛看著夏侯離，想起今天早上剛剛接到的張郃的信箋，便覺得這是一樁成人之美的好事。

書信中，張郃極力推薦夏侯離為將，並且稱夏侯離為女中豪傑，武力一點不比那些娘子軍的將領差，並且字裡行間透露了異樣的情感，雖然沒有明言，但是其意思已經昭然可見。

高飛看完之後，又托人打聽了一些消息，這一打聽之下，才知道張郃對夏侯離竟然是如此的上心，在俘虜夏侯離後，張郃一直委派身邊的親隨對夏侯離進行保護，他這才決定將夏侯離嫁給張郃。

此時，他一提起張郃的名字，夏侯離的臉上便泛起了一抹微紅，那種面帶桃花的樣子，高飛一見便心知肚明了，加上張郃之前在信中一再懇求不要殺夏侯離，兩下一結合，便得出了結論。

「既然郎有情，妾有意，我看就這麼辦了吧。如果你真的想死的話，你早就自殺了，根本不會讓自己活到現在。你應該是在等待某人，等著再見他一面。可惜某人不在陳留，如果你答應了，我就讓人把你送到那人的身邊，讓你們好好敘敘舊，如何？」

夏侯離是個孤兒，被曹操撿來收養後，便姓了夏侯，在她的印象中，曹操是唯一對她好的人。可是那種好，跟張郃對她的好完全是兩碼事，曹操對她好，無非是想把她培養成一個殺人的工具，而張郃對她的好，卻讓她的心有種異樣的感受。

正是這種異樣，才支撐著她在燕軍的俘虜下生活近一個月。要是按照她以前的性格，俘虜就意味著死亡。

「曹操現在自己都顧不上了，根本不會顧及你，我知道，你是曹操的養女，可是你見過哪個父親將自己的女兒訓練成殺人機器的？你好好考慮考慮，明天我再……」高飛繼續勸道。

「不用考慮了，垣雍城的樹林中，我就已經是他的人了。」夏侯離打斷高飛的話，堅決地說道。

「呵呵，爽快。那我這就派人送你去陳郡，張郃會在那裡等你。」

所有戰俘都投降了，這是高飛願意看到的，雖然這次中原大戰，高飛耗損了差不多有八萬兵力，但是加上投降的秦軍、魏軍，總兵力反而達到了三十五萬。

處理完戰俘的事情後，高飛又召集了賈詡、郭嘉、荀攸、荀諶等人，準備商議留下誰來繼續處理中原的戰後問題。

「諸位，我叫你們來的目的，你們應該很清楚了，下面，請各抒己見吧。」高飛首先開口說道。

荀諶首先說道：「主公，如今天下形勢基本上已經定了，我軍馬騰、劉璋、劉備三家稱帝，漢室的江山也就徹底瓦解了。臣以為，主公以雄武之資虎踞河北，今又平定中原，與之另外三家稱帝的人比起來，遠遠超過他們，屬下以為，主公應該儘快榮登九五之尊，才可以凌駕於其餘諸王之上。」

自從劉璋、劉備先後稱帝之後，消息傳至燕國，燕國上下顯得有些浮躁，論實力、論地盤、論經濟、論人口，燕國都遠遠超過他們，如果不稱帝，似乎是天理不容的事情。所以，荀諶的看法，很大程度上代表了燕國上下的心聲。

高飛不動聲色，扭臉看了荀攸一眼，問道：「公達有何意見？」

荀攸緩緩地道：「稱帝是必然的，但是**當務之急不是稱帝，而是如何解決戰後所遺留的問題**。徐州、青州沒有受到太大波及，然而兗州卻是這次滅魏的主戰場，雖然說我軍是僥倖獲勝，用了很短的時間就驅走了曹操，然而兗州必然是曹操的發跡之地，曹魏勢力在這裡根深蒂固，一時間難以撫平。另外，豫州的汝南、陳郡、譙郡、梁郡都在去年受到了嚴重的乾旱，致使百姓顆粒無收，勉強度日，所以，臣以為，當把戰後如何恢復生產，收復民心作為重中之重。」

高飛點點頭，對荀攸的回答表示很滿意。

郭嘉緊接著道：「除此之外，自虎牢關以西，函谷關以東，孟津以南，軒轅關以北的洛陽京畿之地，到目前為止仍然是一片荒蕪，屬下以為，此乃天成之地，如今已經盡歸我大燕所有，就應該想方設法恢復其昔日的繁華。想當年，洛陽繁華無度，卻被一場大火燒為灰燼，百姓流離失所，如何恢復洛陽之繁華，也是勢在必行。」

賈詡最後說道：「總的來說，當前是三件大事，一是稱帝，二是戰後恢復，三是安撫民心。中原自古乃必爭之地，有道是得中原者得天下，加上中原多數為平原，良田無數，一旦真正的恢復了，必然會成為燕國的又一大產糧基地。屬下以為，當效法奪取河北之政策，予以減免中原三年賦稅，鼓勵農業生存，興修水利，開墾荒地，軍隊也可以進行軍屯，並且委派得力官員出任各地要職，三年後，中原必然會有一番新氣象。」

高飛聽完四個人的不同意見後，覺得都很受用，而這些也是他腦海中所想的。

中原這一地區為中華文明的發源地，在古代被華夏民族視為天下中心。大禹治水，將天下劃為九州，以豫州為天下的中心，而後又以豫州周圍的大面積平原統稱為中原。

中國歷史上絕大部分時間的政治、經濟和文化中心都在黃河流域中原地區，逐鹿中原，方可鼎立天下，除了中國南北朝外，皆認為把中原納入版圖的王朝才是中國的正統王朝。

而以後的蒙古統治者和滿族統治者，皆以認為把中原納入版圖的王朝才是中國的正統王朝，而不是只統治蒙古舊地或滿族（女真族）舊地，分別建立了統一中國的元朝和清朝。

也就是說，**得中原者，得天下**。如今，高飛已經徹底占領了中原，使得燕國的版圖向外擴大了一倍，東漢末年天下十三州，燕國就占領了幽州、冀州、並州、青州、兗州、徐州、豫州以及洛陽京畿一帶的部分司隸，地盤之大，雄蓋天下，令天下偏安一隅的馬騰、劉璋、劉備、孫策以及遠在交州的士燮望塵莫及。

高飛一直在苦苦的思索著，對於如何治理中原，他不需要太多的操心，因為**只要廣施仁政，就會得到老百姓的認可**。

這個時代，還是以農業為主，民以食為天，沒有糧食，什麼東西都是空想。所以，發展農業是必然的，也是最主要的，但是在發展農業的同時，他的工業也不應該落下，加上戰後消耗掉的兵力需要補充，以及人才略顯不足，這些事情都困擾著他。

「那麼，就先這樣定下了。河北安定不需要太多的兵力，然而中原卻不同，需要多留一些兵力鎮守，還需要一位有大局觀的人來坐鎮此地，我想從你們四個人當中挑選，你們四個推選吧。」高飛想了良久，這才說道。

荀攸、郭嘉、荀諶三人異口同聲地說道：「我等以為，總軍師之才當足以擔當此大任！」

高飛看了賈詡一眼，問道：「軍師，你有什麼合適的人選嗎？」

「主公，文和毛遂自薦。」賈詡當仁不讓的抱拳說道。

高飛道：「河北安定，已經形成了風氣，一些事情也已經約定成俗了，而且滅趙時對冀州所造成的危害已經彌補過來，我的意思是，你們四個人一起留在中原，一起為恢復中原做出努力，以軍師為首，你們三人為輔，各治一州。你們覺得如何？」

四個人面面相覷一番後，異口同聲地道：「屬下定當效犬馬之勞！」

高飛道：「很好，那麼……賈文和出任兗州刺史，並且總督兗州、徐州、青州、豫州四州，郭奉孝出任徐州刺史，荀友若出任青州刺史，荀公達出任豫州刺史，另外，以臧霸為鎮東將軍，統領青州、徐州所有兵馬，協同奉孝、友若共同治理青州和徐州。」

「諾！」

這邊話音一落，高飛扭身對身後的書記陳琳說道：「即刻草擬文書，公布於眾。」

「諾！」陳琳毫不猶豫地揮墨如雨，筆走龍蛇。

高飛緊接著道：「另外，我還有一件重中之重的事要說，就是遷都一事……」

「遷都？」在場的人都為之一怔。

「嗯，北方安定，薊城離中原太遠，不便統治新占領的區域，為了加強統治，我決定遷都中原。」

高飛說這番話，可是經過深思熟慮的。

燕國國都在幽州的薊城，按地理位置來看，在今天的北京一帶，距離新占區路途遙遠，不利於穩定和發展中原地區，且地處邊塞，雖然經過高飛前期的鋪墊，活躍了北方一帶的經濟，使得薊城成為一個商業很發達的地方，但終歸是偏處一偶，所以遷都是勢在必行。

那麼遷到哪裡？這個就很重要了，在高飛的心中有幾個城市：首先是許縣，效仿歷史上的曹操，建都許縣，以許縣為都。

尤其是目前攻占豫州的情況下，建都許縣有以下幾個好處，一是都城前置，重心利於防守，如歷史上的明成祖之遷都北京之舉，而且許縣位於燕國三條戰線最中間一環，文聘攻取南陽宛城成功，基本上為許縣打開了前沿戰略的縱深，使得許縣為都的可能大大增加。

二是鄴城，從地理位置來看其實鄴城南靠黃河不遠，並且經過袁紹的經營已經是河北第一堅城，也處在整個燕國目前國土的中心位置，四向輻射都不錯，利於經營。

三是洛陽，洛陽地理位置優勢，一向被認為是龍興之地，加上高飛挑撥和發動的中原大戰前後一共有兩次，兩次均環繞洛陽一帶，所以在高飛的心中，很愧對洛陽一帶的百姓。

而且洛陽四方有關隘阻隔，進可攻，退可守，西面可以威懾在關中的秦軍，南面可以和荊州的漢國形成對峙，北面可以鉗制在並州尚不太穩定的匈奴人，東面可以俯瞰兗州、青州、徐州和豫州，是首先的位置。

高飛這樣做，也是效仿東漢開國皇帝光武帝劉秀，以河北為基本，洛陽為帝都，派能征之大將四伐以平天下，遷都利於穩定中原，利於以後問鼎天下，使得朝廷政令能夠很快的傳達至四方。

賈詡、郭嘉、荀攸、荀諶四人見高飛胸有成竹的樣子，便明白高飛早已有腹案。

「不知道主公心中可有什麼合適的地方嗎？」賈詡首先問道。

「我準備遷都於洛陽。」

「洛陽殘破，已淪為廢墟，不過其地理位置十分的優越，如果要遷都於洛陽，必然要重新在廢墟之上重修一座城池，否則洛陽何以為都？」荀諶道。

「主公，可仿造薊城，再命士孫瑞在洛陽修建帝都，以士孫瑞修建城池之心得，必然能夠重新修建一座氣派的帝都。」荀攸道。

「嗯，很好。」

會議之後，基本的疑慮已經解除，至於高飛何時稱帝，則沒有給出明確的日期，這也無疑讓眾位文武頗感費解。按理說，稱帝是必然，可是高飛就是不鬆口，和昔日率先稱王時的高飛簡直是判若兩人。

八月初三，高飛從中原班師。

說是班師，其實帶走的人只有百餘騎而已，將三十萬兵力全部留在中原，對中原進行大刀闊斧的改革和籌建。同時，為了安定邊境，高飛將韓猛調回並州，繼續出任並州刺史，並且讓韓猛出兵占領河東郡，牢牢地將黃河控制了一半。

半個月後，高飛帶著一顆疲憊的心回到薊城。一到薊城地界，他連城都沒有進，而是叫上一個守城門的都尉帶他去了公輸菲的陵墓。

在八月冷漠的天空下，遼闊的田野寂靜無聲。炎夏已經悄悄地溜走了，農忙後的田野，留下一片淒涼的景象。

一眼望去，道路兩邊全是光禿禿的，看不見麥捆和麥垛。收割過的牧草地裡，牲口垂頭喪氣地在來回走動。成群的灰雀不時像一片烏雲從玉米地裡騰空而起，又像下雹子似的紛紛散落在滿是塵土的道路上。

突然，在頭頂的上方，一隻烏鴉絕望地叫了一聲飛走了，一種凋悵的感覺向高飛的心頭襲來，勾起他無限的愁緒。

高飛在守城都尉的帶領下，來到位於薊城東側三十里處的一塊墓地，翻身下馬，心中一片悲傷。

夕陽漸漸要入土了，它的光線照著新掩埋的墳土，更顯現出一種淒涼的紅黃色。

暮帳愈伸愈黑，把累累墳墓中的陰氣都密布起來。忽而一輪明月從東方升起，將墳墓的顏色改變一下，但是誰能形容出這時墳墓的顏色是如何悲慘呢？

看到這個極為不起眼的墳墓，高飛一把抓住那個守城的都尉，喝問道：

「為什麼公輸夫人的陵墓是這個樣子？主持修建陵墓的人是誰？居然敢如此怠慢夫人？」

「啟稟……啟稟主公，是相國大人主持修建的……」

「來人，將田豐立刻給我抓過來！」高飛怒了，一把推開帶他來的那個都尉，衝著跟隨自己一起的盧橫叫道。

盧橫忙道：「主公，抓不得，相國大人也是遵照公輸夫人的遺願而已，此事整個薊城人盡皆知……」

「為什麼我不知道？」

「屬下……屬下怕提及夫人的事，主公會傷心……」

「滾！都給我滾！滾遠一點！」高飛正在氣頭上，再看到公輸菲的墳墓時，情緒整個失控。

盧橫知道高飛的脾氣，畢竟跟隨高飛很久了，當即讓眾人全部退下，離高飛和那座墳墓遠遠的。

高飛跪坐在地上，撫摸著墓碑，想起公輸菲的一顰一笑，越想越難受，喪妻之痛，原來竟是那麼的難受。

不知不覺，他流下了眼淚，眼淚滴入黃土當中，漸漸地泣不成聲。

盧橫和其餘人遠遠地望著，隱約聽到高飛的哭聲，每個人的心裡都籠罩上一層陰霾。

「一向鐵血無情的主公，沒想到對公輸夫人的感情如此之深……」盧橫暗暗地嘆了口氣。

墳前，高飛捧起一把黃土，灑在墓碑上，然後雙臂抱著墓碑一小會兒，擦乾眼淚，這才緩緩地站起身子來，之後又盯著墳墓看了小半個時辰，這才離去。

回到薊城，已經是深夜了。

燕王宮裡，貂蟬、蔡琰都已經睡下，高飛一從外面回來，首先想到的就是公輸菲給自己生下的兒子。

據宮中看門人講，公輸菲死後，貂蟬便收養了公輸菲的兒子，將其當作自己親生的一樣看待。所以，高飛從宮外一回來，便直奔貂蟬所在的房間。

高飛的回來，讓所有宮女都感到很意外，連通報都沒來得及，高飛一路暢通無阻，來到貂蟬休息的房間外。

「貂蟬……貂蟬……貂蟬……」高飛大聲喊了起來。

貂蟬剛睡下不久，突然聽到高飛的聲音，以為是做夢，便隨便應了一聲，直到男嬰「哇」的一聲哭了出來，才把她驚醒。

當貂蟬睜開眼睛的一瞬間，看到高飛就坐在自己的面前，而且懷中還抱著男嬰，不敢相信地揉了揉眼睛。

「蟬兒，是我回來了，你不用懷疑，不是在做夢。」高飛一邊哄著孩子，一邊輕聲地對吃驚的貂蟬說道。

「夫君，你終於回來了，公輸妹妹她……」貂蟬一把抱住高飛，將頭靠在高飛的肩膀上，不禁垂淚。

「母親……父親回來了嗎？」這時，睡在貂蟬臥榻裡面的兩歲女孩高傾城揉著朦朧的眼睛，夢囈地說道。

「哇……哇……哇……」高飛懷抱中的男嬰一直哭個不停。

「他怎麼一直哭啊？」高飛搞不定兒子，哭喪著臉對貂蟬道。

貂蟬擦拭了一下眼角的淚水，將兒子給抱了過來，然後掀開上衣，給兒子餵奶，當乳汁被吸進嘴裡以後，小嬰兒果然安靜下來，不再哭鬧了。

她笑著對高飛說道：「孩子餓了。」

高飛看著正在吃奶的兒子，臉上浮現出一絲笑容。俄而，悲傷又襲上心頭，心想：「如果給你餵奶的是你的親生媽媽，那該有多少啊。」

「蟬兒，小琰是不是也生了個兒子？」高飛忽然想起蔡琰和公輸菲的產期是同一天，也給自己生了個兒子。

「嗯，蔡琰妹妹確實給夫君生了個兒子，住在西殿，夫君要不要過去看看？」

「已經很晚了，沒那個必要了，等明天吧。」說完，高飛張開雙臂，拍著手，笑嘻嘻地對被吵醒的女兒說道：「傾城，快來爸爸這裡！」

「父親？真的是你嗎？」

年僅兩歲的高傾城伸出了手，試探性地碰觸了一下高飛的手臂，發現不是在做夢後，便直接撲向了高飛的懷抱。

高飛抱著女兒，陪她玩了一會兒，等貂蟬給兒子餵完奶，又把兒子哄睡後，這才問道：「取名字了沒？」

「還沒，等著夫君回來取呢。」

貂蟬將玩累的傾城接了過來，抱在懷中，然後輕輕地拍打著傾城的背，將傾城給哄睡了。

「哦，那他是長子？」高飛問起了長幼順序。

「琰妹妹生的是長子，菲妹妹生的是次子。」

「怎麼會難產呢？」高飛搞不懂，老天為何要這樣折磨他。

「當時菲妹妹難產，我讓人請來張神醫，他給菲妹妹看完後，說大人和嬰兒只能保一個，問我是保大人還是嬰兒，我說保大人，可是菲妹妹卻堅持要生下孩子，生下孩子後，菲妹妹知道是男嬰後，看了一眼男嬰便去世了……」

貂蟬敘述著當時的情景，面色顯得很是蒼白，越說越顯得無力，最後聲音越來越小。

「我明白了，從今以後，他就是你的兒子了，傳令下去，以後誰也不准提起這件事，都要說成是你生的，你可願意將他養大嗎？」

「當然願意，如此可愛的兒子，我上哪裡去找？可是，他是菲妹妹生的，如果不讓他知道他的親生母親是誰，那菲妹妹豈不是走得很不值？」

「這是為了他好，我不想讓他知道他是一個沒有母親的人，有你對他的這份愛就足夠了。我相信，他以後一定會快樂的長大的，菲菲也會贊同我這麼做的。」

貂蟬順從道：「我明白了，夫君，給兒子起個名字吧。」

「就叫他高麟吧！」

「高麟？有什麼意義嗎？」

「我的兒子就是麒麟兒，如今一下有了兩個兒子，大兒子叫高麒，小兒子自然叫高麟了。」

「那要是我以後又給大王生了個兒子呢？大王將如何取名字呢？」

「以後的事以後再說吧。蟬兒，我睏了，不早了，一起睡吧。」高飛道。

第二天一早，高飛去蔡琰那裡，親自看了一眼自己的大兒子，並正式賜名為高麒。

恰巧，蔡邕前來，見到高飛，很是激動，忙拜道：「見過主公！」

得知外孫叫高麒，公輸菲生的兒子叫高麟後，他暗暗揣測道：「**麒麟乃是天上的神物，他將麒麟作為兒子的名字，不就是在暗指麒麟兒的爹很了不起嗎？難道他是準備要稱帝了？**」

高飛心中抱著高麒，順口問蔡邕道：「如今燕軍已經占領了中原，然而戰後有很多事情要做，其中一項就是人才匱乏，不知道可有什麼辦法在短時間內找到大批可以充當大任的人？」

蔡邕道：「主公可以發布求賢令，很多人看到以後，必然會踴躍報名的。」

高飛哈哈笑道：「好，那就依你之見，由你草擬求賢令，即日便發布出去。」

「諾！」

「主公，有句話不知道當講不當講？」高飛正打算離開時，蔡邕忍不住道。

「但說無妨。」

蔡邕道：「如今我大燕的版圖擴大了一倍有餘，近聞馬騰篡漢自立，劉璋、劉備也分別以接續漢統為名各自稱帝，天下動盪，許多百姓仍然處在水深火熱當中，我以為，當此多事之秋，主公當順應民心，何況主公手中握有玉璽，稱帝是天經地義之事，那些跳梁小丑怎能和主公相比？一旦主公稱帝，大燕將是正統，待休養生息數年之後，派遣將領平定天下，則天下必然會一統。」

高飛聽後，只微微地點點頭道：「此事改日再議。」說完，轉身便離去了。

蔡邕一臉的不解，以燕國的實力，稱帝是必然的事，他不明白高飛為什麼會表現的如此冷淡。

看著高飛遠去的背影，蔡邕搖了搖頭，嘆氣道：「越早稱帝，越能安穩天下民心，這個道理，他應該是知道的……」

「父親，侯爺也許另有想法，決定權在他，父親也不能越俎代庖。」蔡琰在一旁說道。

蔡邕無奈地道：「不光是我，管寧、邴原、田豐、鍾繇、士孫瑞等人，也必然會向主公提出來的，既然稱帝是必然的，早晚又有什麼不同嗎？」

蔡琰勸道：「一切就交給侯爺自己拿主意吧，他必然有他的想法，我們不必太過干涉。」

蔡邕「嗯」了聲，便將此事放下不提，繼續含飴弄孫去了。

第六章

求賢若渴

高飛道：「凡進入前十名者，皆可為官，你們將此命令草擬成檄文，公布天下，只要是有才之人，不管是哪國人，都可以在我燕國為官！」

眾人見高飛求賢若渴，異口同聲道：「諾！我等必定將此消息公諸天下。」

高飛獨自走在王宮裡，步伐很慢，思緒卻很快，腦海中飛快的想著事情。對他來說，稱帝是迫在眉睫的事，手底下的人更希望他立馬稱帝，因為那樣他們的官職、俸祿就會更高，地位就會更加尊顯。

而且稱帝也是為了能與其他國家平起平坐，甚至以正統地位來痛斥那些不正統的國家，**玉璽在手，中原在手，這就是正統。誰強，誰才有說話的地位，誰的腰桿才會挺得更直**。

可是，稱帝並非想想像中的那麼簡單，其中包含的大大小小的利弊也為難著高飛。

首先，稱帝之後，該如何選擇朝廷體制，是繼續沿用秦漢以來的體制，還是改變其獨有的體制，以便消除其中的隱患？

秦漢以來，州刺史制和州牧制頻繁交替，直到漢靈帝時，益州刺史劉焉謂四方多事，原因在刺史權輕，遂蠱惑漢靈帝改部分資深刺史為牧，刺使實際已為一州軍政的長吏、太守的上級，州郡兩級制隨之形成。

後來州牧制和州刺史制同時存在，都成為了牧守四方，一州上的軍政的最高權力人，因而出現了漢末軍閥割據的局面。如何消除這種弊端，形成地方上一個很好的監察制度，以及讓地方上軍政分離的難題，就擺在了高飛的面前。

高飛考慮想過一些現代的國家體制，但是在現階段，根本無法推行，因為民智未開，若是強行推行什麼總統聯邦制或者共和制，必然會適得其反，所以，他只能走中國幾千年傳承的封建制度。

封建制度就要加強中央集權，收回地方上應有的權力，他的能力不消多問，如果不是智勇雙全，又怎麼會開闢大燕國呢。最後想來想去，他還是決定稱帝之後沿用三省六部制。

三省六部制，是中國古代封建社會一套組織嚴密的中央官制。它確立於隋朝，此後一直到清末，六部制基本沿襲未改。

對於三省制，其中，尚書省形成於東漢（時稱尚書臺）；尚書省和門下省形成於三國時，目的在於分割和限制尚書省的權力。在發展過程中，組織形式和權力各有演變，至隋朝才整齊劃一為三省六部，主要掌管中央政令和政策的制定、審核與貫徹執行，各個不同時期的統治者做過一些有利於加強中央集權的調整和補充。

以現代人的目光看，會發現有很多的好處。單獨對三省六部制而言：

第一，使封建官僚機構形成完整嚴密的體系，提高了行政效率，加強了中央的統治力量。

第二，使宰相的權力一分為三，三省長官的品級又較低，這就削弱了相權，加強了皇權。在秦漢，丞相協助皇帝處理全國政事，處於「一人之下，萬人之上」的地位。每當皇帝無能，丞相就可能專權，蜀漢的諸葛亮和阿斗便是一個很好的例子。

三分相權有利解決皇權與相權的矛盾，加強了皇權，同時擴大了議政人員的名額，收到集思廣益的效果。

第三，各部職責有明確的分工，有利於皇帝的集權與政令的貫徹執行，提高了行政效率，充分發揮國家機構的效能。

當然，高飛並非照搬，只是襲用這種體制，在其基礎上再加以修改。

不知不覺，高飛走到了大殿，只見大殿上站滿了人。以相國田豐為首，管寧、邴原、鍾繇、士孫瑞、盧植、蓋勳、司馬防、國淵、王烈等人都在大殿上站著。

眾人見高飛來了，齊聲拜道：「參見主公！」

高飛環視眾人，大步流星地走進大殿，笑道：「你們來得可真齊啊，就連國淵、王烈兩位大人也從遼東趕來了，看來你們是早已商量好了……」

他走到王座，坐下之後，朗聲道：「你們有什麼話儘管說吧！」

田豐首先站了出來，說道：「主公，如今中原已定，魏國已滅，其餘諸王盡皆稱帝，當此多事之秋，我等懇請主公肩負起大任，稱帝改元。」

「我等懇請主公肩負起天下大任，即日稱帝！」眾人齊聲高呼道。

此刻，高飛忽然想起宋太祖趙匡胤來，有一種和趙匡胤極為相似的感覺，被部下強行皇袍加身，不同的是，趙匡胤是在不知情的情況下，而高飛則是心知肚明。

「如此草率稱帝，只怕不妥吧？」

「啟稟主公……不，啟稟陛下，在陛下北歸之時，總軍師就已經派人發回了信札，我等早已經準備好一切，只要陛下點頭，隨時都可以進行登基大典！」田豐道。

高飛還真是低估了他這幫臣子，但見盛情難卻，如果再推脫的話，反而會適得其反。

思考良久，最後高飛終於鬆口，道：「你們的意思我知道了，但是有些技術問題還需要時間處理，稱帝不可如此草率。一個月後的九月初九，我再正式稱帝，屆時，需要召回一些文武，齊聚薊城，共用大典，不過，現在我有些事情要交給你們做……」

「臣等敢不效犬馬之勞。」眾人齊聲道。

於是，高飛將自己決定沿用三省六部制的想法說了出來，不過，並不是太明確，只說設立內閣，選出五人為內閣成員，同時冠以丞相之名，共同執政。

在內閣下面設立九部，分別是兵部、刑部、吏部、禮部、工部、戶部、外交部、情報部和商業部，九部官員統稱為尚書。

另外廢除地方上的州、郡原有的官職制度，州依然存在，但是郡改稱為府，縣不變。比如以前並州的長官叫刺史或者州牧，現在叫更改為知州，而郡的長官為太守，現在改為知府，縣的長官則叫知縣。

不管是哪一個階級的地方長官，均沒有指揮軍隊的權力，將軍權全部收回，駐紮在地方上的軍隊，由皇帝直接掌控。也就是說，地方長官只有行政權，沒有軍權了。

最後，承用九品十八階的官職制度，即丞相為正一品，依此類推。

在軍制上，暫時沿用秦漢不變，所有軍隊全部由皇帝一人掌控，將軍的任命和罷黜由內閣共同決議，大將軍仍為最高軍職，其次驃騎將軍，其次車騎將軍，依次類推，同樣沿用九品十八階的官職認定。

除此之外，大臣的爵位最高不能超過一等侯、王、公等爵位，只賞賜給皇室，而且王、公等爵位，沒有官職的，不許參政議政。

當高飛將心中所想的都一一說出來後，在場眾人都驚為天人，如此完整的體系，竟然是從一個人的嘴裡說出來。

「如果要稱帝，就要沿用我剛才說的那種制度，我已經列出一份詳細的官職體制表，我給你們一個月的時間，在整個燕國內發布此體制表，讓眾多官員都要熟悉一下，省得正式稱帝後你們會不適應。」

高飛隨即從懷中掏出一份文件，交給田豐，讓其傳閱。

眾人聽了高飛的話，心中都很明確，**這是正式施行軍政分離**，覺得這樣的做法確實可以解除軍閥割據，能夠穩定燕國內部，不至於出現什麼叛亂。於是，眾人面面相覷一番後，順從地拱手道：「諾！」

高飛起身道：「那就這樣吧，**九月初九，正式稱帝**，請將此消息公布天下！」

說完，高飛便出了大殿，徑直朝公輸菲生前所在的翰林院而去，留下田豐等一幫子人在大殿上研究新的官僚體系。

一個嶄新的朝代，即將開啟……

翰林院裡。

高飛來到公輸菲生前所在的房間，看到琳琅滿目的機關擺放在屋子裡，心中不禁又想起了公輸菲。

他隨手拿起一張連弩，這張連弩和已經在軍中普及的樣式差不多，唯一不同的是，入手很重，而且弩臂也要比之前的要大許多，張力也就更加的強一些。

「噗、噗、噗、噗……」

高飛無意中扣動了弩機的機括，弩箭一連十發的發射了出去，釘在了牆壁上，而且一排弩箭發射完，箭匣子裡的箭矢便立刻填補了之前射出去的空格，射出去的弩箭也深深地埋入牆壁，只露出弩箭的尾部。

「好強的穿透力，看來這張連弩應該是經過改良的，射程要遠遠高出那種小型連弩……」

高飛放下連弩，隨意在房間裡走動著，發現裡面擺放的東西讓他大開眼界，雖然都是木頭製作的，但是能有如此的工藝，已經超出了時代的局限。

最後，他在一個牆角發現了公輸菲最引以為傲的機關鳥，在機關鳥的旁邊還放著幾個類似機關鳥的物品，那東西和現代的三角翼差不多，但是在製作的精良上遠沒有三角翼精緻，因為所用的東西不過是一層牛皮。

高飛看著這些東西，知道公輸菲一直在研究如何將機關鳥用到軍事上，這是他之前無意間順口提到的，沒想到公輸菲把它當真了。

「主公……」一個中年男子出現在門口，對高飛叫道。

高飛正愛不釋手的把玩著那三角翼，看到那名皮膚暗黃的中年男人，奇怪問道：「你是？」

「在下翰林院大學士溫良，叩見主公。」中年男人有禮貌地拜道。

「哦，你就是溫良？以前公輸夫人向我提起過你，說你是河內溫人，家裡七代都是木匠，你對木藝十分的精通，向我舉薦你當大學士，今日總算見到你了。」

溫良道：「承蒙主公記掛，溫良不勝榮幸。」

「你好好的大學士不去管理你的屬下，跑這裡來幹什麼？難道是來找什麼東西嗎？」

溫良道：「主公，在下是來找主公的，有一件非常重要的事要跟主公說。」

高飛放下了手裡的東西，看溫良一本正經的樣子，便道：「跟我到大廳去……」

兩人來到大廳，高飛道：「有什麼重要的事，現在就說出來！」

溫良從懷中掏出一本黃布包裹著的長方形物品，然後交給高飛，緩緩說道：

「翰林院自從被公輸夫人管理以來，工匠們都異常的賣力，公輸夫人為了提高翰林院技藝水準，不惜親自教導，並且傳授匠人們機關術，說起來，我們都是公輸夫人的徒弟……」

「機關要術？」高飛接過東西，打開外面包裹的一層黃布，四個字赫然映入眼簾。

「啟稟主公，這本機關要術是公輸夫人的心血，融合了公輸家的機關術和墨家機關術，取其精華，去其糟粕，重新撰寫了這本《機關要術》，其中涵蓋了幾十種殺傷力巨大的武器，所用的材料也從木頭變成金屬；也就是說，這本書，是教人如何生產厲害兵器的兵器譜，此乃公輸夫人遺物，屬下現在將此物交還給主公！」溫良鄭重其事地道。

高飛翻開《機關要術》，從第一頁開始，上面畫著許多攻城及守城武器的製作步驟，還有一些機關獸的做法。

當他翻到後半部的時候，「兵器譜」三個字赫然映入眼簾，接著便是對刀、槍、劍、戟、斧、鉞、鉤、叉、鞭、鐧、錘、抓、鎲、棍、槊、棒、拐、流星錘等十八種兵器的製作方式、使用方法以及利弊進行了詳細分析。

每一張圖紙都是一種兵器，比如說刀，又分為大刀、長刀、短刀三種，每一種都是純手工畫的。

「如此浩大的工程，她一個人是怎麼完成的？」高飛嘆為觀止地道。

「公輸夫人聰明好學，有任何不懂的地方，就會去請教各個工匠，工匠們也都樂意為其解答，最終公輸夫人只用了三個月的時間便撰寫成書，將此機關要術的精要讓每一個工匠傳閱……」溫良越說越激動，最後泣不成聲。

高飛沒想到公輸菲在翰林院的這群工匠心裡留下如此深刻的影子，在還沒有建立翰林院的時候，工匠只不過能夠勉強混口飯吃，哪裡有穩定的工資拿，是他把他們留在翰林院裡，為自己研究和開發新式武器。

他是現代人，槍、炮、飛機、坦克、潛艇等等，什麼沒見過？所以和公輸菲在一起的時候，聊得最多的就是如何製造他心中所想的東西，比如說飛機、坦克。不過，他知道那是不可能製造出來的，不過是隨口一說罷了。

可是，公輸菲卻當真了，他的話打開了她的思維，讓她從單一的玩木頭的機關術上走了出來。

以前，她捨不得將自己的機關鳥讓別人研究，可到最後她還是把機關鳥給獻了出來，召集能工巧匠，讓他們一起研究，然後仿製，徹底打開翰林院工匠們的眼界。

溫良抹了把眼淚，拱手道：「主公，屬下想請主公去看幾樣東西，這幾樣東西，也耗費了公輸夫人不少的心血……」

「嗯，你前面帶路。」高飛心裡充滿了感傷，如果公輸菲不死，也許他的飛機、坦克夢就能實現。

高飛跟著溫良來到朝翰林院院士工作的車間走去，在經過車間時，所有的工匠看到高飛的到來，都表現出熱情高漲的狀態。

不多時，高飛跟著溫良來到翰林院的後院，在一片空地上陳列著幾種新的玩意，周圍圍繞著二十個院士，見到高飛到來，紛紛鞠躬道：「參見主公！」

「免禮。」高飛隨口說了句，徑直朝前走去。

首先映入他眼簾的，是一輛由鋼鐵鑄就而成的戰車，戰車高三米，寬六米，前身均勻地分布著十根錐形的凸狀物，在地上趴著，像一尊威武的神獸。

「這是什麼東西？」高飛看到這不倫不類的東西，指著問道。

「主公，這是坦克。」溫良道。

「坦克？有沒有搞錯？坦克怎麼會是這個樣子？」高飛有點傻眼。

「主公，沒錯，是坦克。」溫良說著，將圖紙拿了出來，擺在高飛的面前。

高飛看了以後，忽然發現那張圖紙為什麼那麼熟悉，想了半天，才搞清楚原來是自己畫的。只不過圖紙上雖然畫得抽象，至少還像個坦克，可是眼前這堆鋼鐵，怎麼看都像一個防護用的刀車。

「坦克有輪子，輪子呢？」

「這正是屬下請主公來的原因，我們都試過了，木頭製成的輪子承載力不夠，很容易被壓斷，可是鋼鐵鑄成的輪子卻無法行走，就算用馬匹來拉，行動起來也極為吃力。自從公輸夫人走了以後，我們就沒有辦法生產出像樣的輪子來，只好放在這裡。」

「要想讓輪子轉起來，就必須要有軸承，有了軸承之後，就算是鋼鐵製造的輪子，也能快速的飛奔起來。」

「軸承？那是什麼東西？」

工匠們都是翰林院裡技藝數一數二的，可是被高飛的一句話給鎮住了，誰都搞不明白軸承是個什麼東西！

說到軸承，在中國古籍中，關於車軸軸承的構造早有記載。從考古文物與資料看，中國最古老具有現代滾動軸承結構雛形的軸承，出現於西元前二二一至二〇七年（秦朝）的今山西省永濟縣薛家崖村。

只不過當時並不普及，即使出現了，也不能全國通用，加上叫法也不一樣，所以軸承這個東西很少有人知道。

「跟你們說了，你們也不懂，有機會，我會帶領你們親自製造一個。」

高飛說完，又看了看其他的半成品，在心裡默默嘆息道：「要想在這個時代搞出一件現代化的武器，簡直比登天還難，只能用一些類似的東西取代。哎，坦克就算製造出來又能怎麼樣？沒有炮彈，一樣是一堆廢鐵，無非可以用它做防守！」

高飛在翰林院裡待了很久，在給翰林院的工匠們傳授知識的同時，還希望他們進一步改良現有的武器，並且親自將公輸菲改良過的連弩拿出來讓他們研究，比照著做。

還有牛皮製成的三角翼，工匠們都親眼目睹過它的作用，確實能飛，只要是成品的東西，全部從公輸菲的工作房裡拉了出來，至於機關鳥，由於太過繁瑣，操作複雜，只能當做擺設了。

高飛臨走前，將《機關要術》交給了溫良，畢竟對翰林院這幫工匠來說，這本書放在他的手裡，還不如留給工匠們研究來得實在。

從翰林院回王宮的路上，正遇到蔡邕坐著馬車，從王宮裡出來。

蔡邕的車夫一看到高飛，立刻將馬車靠在路邊，掀開捲簾，對蔡邕說道：

「大人，主公來了。」

「快扶我下去！」蔡邕急忙從車裡鑽了出來，在車夫的攙扶下，拂了拂長袍，向高飛深深鞠了一躬。

「參見主公！」蔡邕高聲喊道。

高飛勒住馬匹，笑道：「岳父大人，這裡不是王宮，我又穿著一身布衣，不必如此。高麒可還好？」

「好……在琰兒的悉心照料下，高麒怎麼會不好呢？」蔡邕答道。

再清高的人也要吃飯。蔡邕自從跟隨高飛來到薊城後，開始的時候並不過問政事，只安心教書，後來燕國人才實在匱乏，他和管寧、邴原三個在執掌聚賢館的同時，偶爾也涉及政事，他也不再清高，畢竟女兒嫁給了高飛，他自然會多關心國事一點。

「岳父大人，求賢令暫時不用頒發了，對於人才，我另有打算。另外，我準備在九月初九那天正式稱帝，到時候必然涉及到皇后的人選……岳父大人，你認為，在貂蟬和蔡琰之間，應該由哪個人出任皇后，母儀天下呢？」

蔡邕心中一怔，這個問題他很難回答，他總不能說讓女兒當皇后吧，那樣的話，豈不是會被認為有私心?!

他定了定神，道：「蟬夫人溫柔嫻淑，又是主公正妻，我以為，當由蟬夫人出任皇后為佳。」

「蔡琰才貌雙全，又飽讀詩書，由她出任皇后，或許更加合適，為什麼岳父大人不舉薦自己的女兒，反而舉薦貂蟬呢？」

「這個……」蔡邕臉上一陣難堪。

「岳父大人，你儘管放心，就算你舉薦了蔡琰，我也不會有什麼想法，因為在我的心中，蔡琰確實是皇后的最佳人選。貂蟬乃宮女出身，無依無靠之時被我收留，雖然是我的正妻，但是與蔡琰相比，只怕相差太遠。這件事就這樣定了，我提前跟岳父大人打聲招呼，以免岳父大人日後記掛。」

蔡邕什麼都不敢說，再多說一句，只怕會給自己惹上麻煩。

他注意到高飛的眼神中帶著一絲異樣，他是聰明人，自然明白高飛所擔心的是什麼。在燕國現有的官僚體系中，有四分之一的地方官員都是他的門生故吏，或者是由他直接或間接推舉的，如此龐大的人脈關係，難免會惹來非議，遭到別人的猜忌也是正常的。

高飛朝蔡邕拱拱手後，輕喝一聲，便騎著馬便離開了，心中暗暗想道：

「貂蟬，對不起，只能委屈你了，畢竟蔡氏已經在燕國悄無聲息的占據了龐大的官僚體系，何況蔡琰又給我生下第一個兒子，為了不給以後眾位大臣留下口實，只能如此做了。不過，你放心，不管是皇后還是貴妃，我對你的情一直都不會改變。」

蔡邕見高飛離去，提著的心終於回到了原處，長出一口氣，擦拭了一下額頭上滲出的冷汗，自言自語地說道：「此主雄才大略，古往今來能與之相提並論的，恐怕也只有秦始皇和漢武帝了吧。」

「大人，剛才為什麼大人不直接讓琰夫人當皇后呢？」車夫不解地問道。

「你以為主公是心甘情願的讓琰兒當皇后嗎？其實他的心裡是希望蟬夫人當，只不過礙於我的門生故吏太多，而且琰兒又給主公生下了兒子，所以才讓琰兒當皇后的。看來，我必須儘快撇開和門生故吏的關係，儘量少和他們來往，免得給人家落下口實，說我蔡邕有什麼非分之想。」

「大人，琰夫人生下的可是主公的長子，以後一旦主公不在了，琰夫人的兒子不就可以接替主公了嗎？就算大人沒有非分之想，這種事，早晚也會落在大人頭上……」

「閉嘴！以後休要再說此等話語，否則我就讓你變成啞巴！還有，從今天開始，我的那些門生故吏，沒有要事的，一概不見；有要事的，請他們稟告各自的上司，不必再來蔡府！主公聰明絕頂，必然能知道我這樣做的目的。」蔡邕對車夫厲聲吩咐道。

車夫跟隨蔡邕多時，早已是蔡邕的心腹了，聽完蔡邕的話，便不再吭聲，扶蔡邕上了馬車，揚起馬鞭，趕著馬車便回蔡府了。

高飛回到王宮，立刻召集了田豐、蓋勳、盧植、鍾繇、司馬防五個人。他逐漸意識到漢末的人才選舉制度的弊端，短短兩年功夫，蔡邕的門生故吏就占據了整個燕國地方官的四分之一，這是多麼龐大的一個數字，他以前沒有估算過，也沒有意識到這一點。

直到最近幾天，他才意識到這種人才推舉制度的弊端。說實在，不是說蔡邕的門生故吏不好，而是當他們多到一定數量時，就會逐漸形成小團體，很容易動搖根基，所以他要改變這種人才的推選制度。

兩漢時期的察舉制，到了東漢末年，已為門閥世族所操縱和利用，他們左右了當時的鄉閭輿論，使察舉滋生了種種腐敗的現象，與要求參與政治的中小地主及其知識分子產生了尖銳的矛盾，在如何選官的問題上鬥爭激烈。

在這種背景形勢下，曹操**唯才是舉**的主張就顯得要高明許多。曹操曾三次發布求才令，他明確指出，即使是「不仁不孝」之人，只要是「高才異質」，只要有「治國用兵之術」，就要起用他們來治理國家，來帶兵打仗。

這無疑是對當時強調德治和仁孝的儒家思想的一次大衝擊，也是對當時用人標準的一次大糾正。

指導思想的改變，引來了「猛將如雲，謀臣如雨」的盛況，逐漸改變了東漢以來由門閥世族主持鄉閭評議和控制選舉局面的形勢，從而為建立新的選舉制度創造了條件。

曹操死後，曹丕在採納陳群的創議後，就把曹操「唯才是舉」的方針制度演化了，便成了九品中正制，後來，這種制度成了魏晉南北朝時期主要的選官制度，但當時察舉尚未完全廢除。

不過，九品中正制也並不靠譜，所以出現了「上品無寒門，下品無士族」的尷尬局面。

歷史，帶給人們的不僅僅是故事，還有反思。

高飛反思過種種的人才選拔制度，包括科舉制在內，都曾經繁榮一時，但最後還是盛極而衰。在這種情況下，**他想出了一個類似科舉制的方法，那就是效仿**

現代社會的選秀節目，利用這個方法親自來選拔人才。

正當高飛還在思索時，田豐、蓋勳、盧植、鍾繇、司馬防五個人先後走進大殿，異口同聲地拜道：「參見主公！」

高飛擺擺手，示意免禮，道：「讓諸位大人前來，是有一件事迫在眉睫，需要諸位大人共同協助。」

「主公儘管吩咐，我等當竭盡全力。」

高飛道：「如今中原已定，然而恢復中原需要大量的人才，我的意思是，暫時將河北各縣的縣令調到中原，歸賈詡統一管轄，治理地方。另外，再公告天下，我大燕即將舉行一場人才大選，文、武皆有，凡是有才者，都可以報名參加。文武分開選拔，凡是能一舉奪魁者，文官封為尚書令，武官封為衛將軍，除此之外，還賞金幣千枚，授予二等侯爵之位。」

眾人聽後，都頗感震驚，沒想到這次人才大選竟然給出了如此豐厚的獎賞，也由此可見高飛對人才的渴求。

高飛繼續說道：「凡進入前十名者，皆可為官，其餘優秀者，也可以做官。你們將此命令草擬成檄文，公布天下，只要是有才之人，不管是哪國人，不管是否仁孝，只要能治理地方，帶兵打仗，就可以在我燕國為官！」

眾人見高飛求賢若渴，都異口同聲地說道：「諾！我等必定竭盡全力，將此消息公諸天下。」

高飛滿意地點點頭，道：「嗯，至於選拔的地點設在洛陽舊都，時間嘛……就定在十月初八。」

「洛陽？」田豐納悶地道：「主公，洛陽已經成了廢棄之地，四周荒無人煙，在那裡舉行選拔人才，會不會有些不妥？」

「沒有什麼不妥的，我這樣做，也是為了燕國的防守著想，如果放在薊城，其他國家前來選拔的人才就會覺得路途遙遠，而且也很難保證其中沒有什麼渾水摸魚的奸細，河北兵力空虛，一旦被奸細知道了，必然會在燕國境內搞破壞。洛陽周圍雄兵二十萬，即使有奸細存在，洛陽一片廢墟，又有什麼可以讓他們查的呢？」高飛解釋道。

「主公英明。」眾人聽後恍然，齊聲讚道。

高飛笑道：「即刻發布公文，散向各地，由趙雲擔任這次武官選拔的主考官，至於文官選拔的主考官嘛……就交給盧植大人好了。」

盧植心中一怔，他從未想過這個主考官會是自己，當即說道：「主公，這……這會不會有點不妥？」

「有什麼不妥的？盧大人可是平定黃巾之亂的大功臣，後來又榮升為大漢的尚書令，門生故吏也多不勝數，海內知名，名聞天下。如果沒有盧大人，就沒有我高飛，當年平定黃巾之亂時，若非盧大人如此信任我，讓我建立功勳，我又怎麼能有今天？我以為，盧大人擔任這次文官選拔的主考官，再合適不過了。」高飛義正言辭地說道。

盧植聽後，內心裡湧出了一番感動。他的學生也不少，其中以公孫瓚、劉備最有作為，高飛也是他以前提拔的部下，曾經在他的手下擔任前軍司馬一職，也是他委以重任的一員猛將，如今即將成為大燕的皇帝，他的心裡不知道是為自己的部下的這種成就感到歡喜，還是對自己人生的際遇感到悲哀。

經高飛這麼一說，在場的田豐、蓋勳、鍾繇、司馬防才想起來，高飛之前確實是盧植的部下，如今卻翻了個翻，部下成主人，確實有點天意弄人。

不過，好在盧植為人並不愛斤斤計較，而且他也有自知之明，對於自身的能力很瞭解，看到自己昔日的部下能夠有如此大的成就，已經很欣慰了。也許等多年以後，他抱著自己的孫子講故事時，還可以說「知道嗎，當今的皇帝以前是你爺爺的部下」，這是多麼自豪的一件事啊。

盧植最終抱拳道：「諾！我定然不會辜負主公的厚望。」

高飛笑道：「盧大人的為人，我自然清楚，我聽說盧大人的兒子也很有才華，不如讓他一起來參加這次選拔吧？」

盧植聽到這裡，黯然失色地道：「主公，你有所不知，我膝下有三子一女，長子、次子盡皆死於黃巾之亂……近年來，我的身體一日不如一日，不知道哪一天就要離開這個塵世，唯一放不下的，就是我的那雙兒女……」

「盧大人儘管放心，盧大人對我有知遇之恩，滴水之恩，當湧泉相報，盧大人的家人，就是我的家人，我定然會好好的照顧盧大人的家人。」

蓋勳和盧植同是大漢舊臣，也同樣心甘情願的輔佐高飛，他和盧植也有所交集，聽到這裡，便在一邊煽風點火，緩緩地道：「主公，屬下聽說盧公之女有閉月羞花之貌，沉魚落雁之容，二八佳人，待字閨中，不如……」

盧植聽出了蓋勳話中的意思，急忙打斷蓋勳的話，說道：「小女庸脂俗粉，樣貌醜陋，所以至今未許配他人，主公雄才大略，當娶天香國色之女，小女姿色平庸，不能般配。」

蓋勳聽後，狐疑地看了盧植一眼，不知道為何會否定自己的說法。

高飛也聽出了弦外之意，明顯是盧植不想把女兒嫁給自己，不過，他現在沒有心情談婚論嫁，再說盧植之女到底相貌如何，他從未見過，再美，能美得過貂蟬?!

人貴知足，高飛就很容易滿足，女人多了雖然不是什麼壞事，但是也並非什麼好事。

大廳內一片寂靜，靜得讓人心裡發毛。

這時，田豐挪了一步，打破寧靜，稟告道：「啟稟主公，屬下有一件重要的事情要稟明。」

「哦，相國大人請說！」

「並州，西接秦國，北達遼闊的草原，我軍兵力大多在中原，萬一鮮卑人窺探了虛實，大舉東犯，必然會深受其害。以前有張遼鎮守朔方，鮮卑人畏懼張遼威名，不敢進犯，如今張遼駐守南陽宛城，朔方一萬狼騎兵全部是匈奴人，而且在並州境內的匈奴人也並不像烏桓人那樣對主公如此忠心，屬下擔心，長久下去，匈奴人會滋生事端。」

高飛聽後，覺得田豐說得很有道理，高飛尚未和匈奴人打過交道，兩者之間的唯一繫帶便是郭嘉的妻子喀麗絲，可是這種繫帶維持的很有限。女人在匈奴人眼裡，不過是一件物品，可有可無而已。

而且自從北逐鮮卑後，匈奴人在並州異常活躍，韓猛也曾經多次派發密信給高飛，聲稱在並州境內的匈奴人太多，難以掌控。當時，高飛因為河北初定，而且還需要借助匈奴的力量來防守並州，是以一直沒有什麼對策。如今，中原已定，**燕國境內四海昇平，唯一有隱患的地方，便是這撥匈奴人了。**

「這件事我知道了，你提醒了我，我差點忘記了這件事。相國大人，你以我的名義，給匈奴的大單于羌渠寫一封信，派人送過去，就說我準備稱帝，要對他的部族進行封賞，請他率領匈奴貴族來薊城接受封賞。」

田豐聽後，明白高飛是什麼意思了，當即笑著點了點頭，道：「諾！」

高飛想了想，最後決定召見所有燕國境內的外族首領，包括已經和燕國融為一體的烏丸人，還有臣服於燕國的高句麗人、夫餘人，以及東夷各部族和在朝鮮半島上的三韓之民。

田豐按照高飛的意思，一一派發出國書，讓人送達各處。烏丸、匈奴最近，騎馬即可抵達，然而三韓和高句麗以及夫餘較遠，選擇從天津港出海，由水路抵達遼東半島和朝鮮半島。

之後，高飛又調遣龐德去駐守朔方郡，讓盧橫駐守包頭，讓太史慈駐守雲州，剩下的就是等待接見各部族首領的日子一天一天的來臨了。

並州，西河郡，美稷縣城，南匈奴單于庭。

單于庭內，南匈奴的大單于欒提羌渠端坐在大單于的寶座上，年過六十的他，鬚髮花白，身軀壯實，近年來因發胖略顯臃腫，臉上的輪廓與整個體形都往圓的方向發展，但腰板還是挺得直直的，看得出年輕時是個出色的武士。

他頭戴飾有金貂的王冠，身披青底繡金綢袍，腰束飾有獬豸的大帶，足登牛皮戰靴，給人的印象華貴、威武。

單于庭內，一位燕國的使者站在正中央，手捧一份國書，宣讀了國書上所寫的內容，宣讀完畢之後，正等待著羌渠的回答。

單于庭內一片寂靜，最後，羌渠發話了，說道：「使者遠道而來，當在我匈奴好好歇歇，燕侯即將稱帝，這無疑是一個天大的喜訊，我作為匈奴的大單于，理當帶上貴重賀禮前去朝賀，請貴使轉告燕侯，我羌渠必然會去薊城接受封賞。」

於是，使者告辭，羌渠加以挽留，卻無濟於事，最後只得放其歸去。

等到使者走後，坐在羌渠右手邊的一個中年漢子喝了一大碗酒，然後說道：

「大單于，大漢的天下已經四分五裂，先有西涼馬騰篡漢自立，緊接著西蜀劉璋，荊州劉備先後稱帝，現在又輪到了燕侯高飛，看來中國正處在多事之秋，我大匈奴歸順漢朝已久，備受欺凌，現在漢朝已滅，我們就是自由身，鮮卑已經遠遁，塞外大片肥美草原可以占用，**如果我們乘勢而起，先奪取並州，緊守關隘，或許能夠有所作為！**」

羌渠看了一眼說話那人，是他的兒子於夫羅，當即搖搖頭道：「飛將軍之勇武，天下莫敵，卻敗給了燕侯高飛，何況燕侯對我匈奴不錯，兩年來經常派遣使者前來噓寒問暖，還特意將並州的西河郡、上郡劃為我匈奴駐地，正式承認我匈奴在燕國的地位，而且你妹妹喀麗絲還是燕侯帳下心腹郭嘉的妻子，燕侯待我匈奴不薄，我匈奴怎可背棄？」

於夫羅四十歲年紀，中等身材，渾身肌肉綻露，異常結實，一雙深陷的眼睛透出一股精明，雙鬢長著的那部細密捲曲的鬍子又添了幾分成熟與老練，他的臉龐與身架都像刀削斧砍一樣，輪廓分明，顯示出一種力量與意志，站立在那裡矯健挺拔，真是鐵錚錚的一條漢子。

他現在是南匈奴的右賢王，是大單于的副貳，他見慣了漢朝的紛爭，雖然已經被漢化了，但是骨子裡流著的匈奴血卻一直在蠢蠢欲動。

他聽了羌渠的話語，知道羌渠不想大動干戈，便說道：「大單于果然老了，如今天下動盪，不趁此時恢復昔日匈奴之舊貌，更待何時？」

羌渠聽到於夫羅的這番話，無奈地道：「我兒，無論你再怎麼努力，匈奴都不可能恢復到以前的樣貌，自匈奴分為南北二支之後，北匈奴遠遠向西遷移，我們這一支歸附漢朝，蒙求漢朝的庇護。雖然現在鮮卑人被趕走了，可是我們匈奴人才幾十萬而已，又怎麼能夠抵擋得住千千萬萬的漢人？」

「大單于這是長他人志氣，滅自己威風！我匈奴就是一頭狼，只要有獵物，就應該出擊，不死不休！」於夫羅辯解道。

「於夫羅，你說錯了，我大匈奴正因為是一頭狼，才要更加注意是否可以延續，如果你執意如此的話，我也無可奈何，反正我也老了，也管不住你了。可是，我提醒你，燕國不好惹，縱觀燕國，在短短幾年內便可以平定中原，這是前所未有的事情。我是怕你惹了燕國，會給我大匈奴帶來滅頂之災！」羌渠苦口婆心地說道。

「呼廚泉！如果我要對燕國發動攻擊，乘勢占領並州，你可願意帶來右部人馬協助於我嗎？」於夫羅沒有再理會羌渠，扭頭看了一眼坐在他對面的呼廚泉。

呼廚泉是於夫羅的弟弟，比於夫羅要小差不多二十歲，現在是匈奴的右賢王。匈奴人實行的是三權分立，把整個匈奴一分為三，大單于自己統治匈奴的中心區域；東部交由左賢王管轄；西部由右賢王管理。

三王各自建立王庭（首都或首府），另外，匈奴以左為尊，所以左賢王的地位僅次於單于，左賢王一般是單于的候補人選，因此常常由單于屬意的兒子擔任。在賢王以下，分別設有谷蠡王、大將等職務，分別隸屬左、右賢王。他們的地位高下順序是：

左賢王第一，右賢王第二；

左谷蠡王第三，右谷蠡王第四；

左大將第五，右大將第六；

左大都尉第七，右大都尉第八；

左大當戶第九，右大當戶第十。

左、右賢王有固定的遊牧地域，他們手下的谷蠡王等高官也有相對固定的駐牧之地。這些高官和單于一樣，同時也是各級軍事首長，大的統領萬騎，小的數千。其中萬騎長有二十四個。

在萬騎長以下，又有千騎長、百騎長、十騎長、裨小王、相封、都尉、當戶、且渠等官員。由於匈奴帝國是從原始社會的氏族部落直接過渡到國家形態，所以保留了很多舊習慣，以上這些大小官員基本上都是家族世襲的，普通士兵努力征戰並不能升官，把擄獲的俘虜、財物賞給士兵本人是唯一的激勵方法。這種僵化的統治結構為匈奴後來的分裂埋下了伏筆。

匈奴的統治結構看起來很簡單，左、右各部「自治」的色彩很濃，集權的味道很淡，但是適合了匈奴不很發達的遊牧經濟水準。甚至連鮮卑、烏桓等少數民族也受到他們的影響，一直延續著這種簡單的統治結構。

呼廚泉想了想，給出了自己最終的意見，說道：「左賢王，我覺得大單于說得對，我們地處燕國的包圍當中，燕國給了我們西河郡和上郡作為居住地，可是西河郡的郡城離石仍舊掌控在燕軍的手裡，上郡也同樣如此。何況並州刺史韓猛坐鎮晉陽，燕軍又駐守朔方、五原等地，等於是將我們包圍在了這裡，一旦我們有所蠢動，必然會群起而攻之。」

於夫羅道：「只要我們突然發動襲擊，必然能夠攻擊他們一個措手不及，並州肯定唾手可得！」

「於夫羅！」羌渠發話了，「你可曾為我大匈奴的以後想過？就算占領了並州，又能如何？燕軍戰鬥力不弱，短短幾年連續擊敗好幾個強雄，**公孫瓚、袁紹、呂布、曹操，這些人哪一個不是叱吒風雲的人物？最後的結果還不是敗在了燕軍的手裡？**我想，你應該知道烏桓人的做法，烏桓人依附燕軍，不斷地給予燕軍支援，現在已經和燕軍融為了一體，而且燕侯對待他們又非常的好，並不強行打散他們的生活方式，所以丘力居才會死心塌地的歸附。不錯，**我們是一頭來自草原的狼，可是面對燕國這頭猛虎，如果不能審時度勢的話，必然會被猛虎咬死。**」

「可是，大單于，我匈奴難道要效仿烏桓人嗎？那樣我們大匈奴的顏面將何存？不管你們同意不同意，我今晚就率領左部人馬偷襲離石，然後從離石攻晉陽，三日後，必然能夠趕走韓猛，占領並州！」

話音一落，於夫羅轉身便走出了大帳，坐在他那一列的部眾，也全部起身離開。

呼廚泉看到這一幕，問道：「大單于，難道真的要坐視左賢王胡來嗎？如果他一發動攻擊，只怕喀麗絲那邊就很為難了。大單于，你不出面制止一下嗎？」

羌渠搖了搖頭，說道：「剛才的事情，你也看見了，於夫羅是我匈奴的第一勇士，只怕他要發動攻擊，你的右部也會跟著鼓噪，我已經老了，對他沒什麼約束力了，在他眼裡，我不過是個沒用的老頭子而已。」

「可是這樣一來，我們極力和燕國的維持的友好關係就要被打破了，五十萬匈奴人也即將面臨滅頂之災，難道大單于要看到自己的族人被屠殺嗎？」

呼廚泉和喀麗絲是一個母親，不僅擔心喀麗絲的安危，更擔心匈奴的未來。

「無可奈何，無可奈何……」羌渠搖了搖頭，嘆氣地說道。

「大單于！**要阻止左賢王，如今只有一個方法！**」此時，坐在呼廚泉身邊的右谷蠡王去卑站了出來，朗聲道。

羌渠、呼廚泉以及在場的人看了一眼去卑，眼裡都露出了一絲喜色。

去卑是一位英俊的武士，濃眉大眼，一副健壯勻稱的身材。他才十八歲，可已是匈奴人中聲名赫赫的神射手。平時，他以射獵為生，專射猛禽猛獸，箭無虛發，百發百中，為人又和善，樂於助人，因此，在各部當中頗有威信。

他剛剛繼任了父親的右谷蠡王的大位，見到羌渠、呼廚泉都在為匈奴的未來擔心，便毫不猶豫地站了出去。

「你有什麼方法？」羌渠、呼廚泉齊聲問道。

「只要殺了左賢王，便可以拯救整個匈奴。」去卑聲音洪亮，面不改色的說道。

「要殺左賢王談何容易？你可知道左賢王的身邊有多少人嗎？不等你靠近他，你就已經被箭矢射穿了。何況，就算讓你和左賢王單打獨鬥，你也未必是他的對手，他可是我們大匈奴的第一勇士……」呼廚泉立即否決了這個想法。

「第一勇士不過是二十年前的事了，現在都已經過去二十年了，相信有不少像我一樣的年輕人願意向他挑戰，光我的部下，就有許多人不服氣左賢王，很想和左賢王比試比試。大單于，如果大單于能下定決心的話，我去卑願意去殺掉左賢王，以換取我們大匈奴的長治久安！」去卑向大單于行了一禮，憤然請戰。

羌渠猶豫了片刻，一方面是自己的兒子，一方面是整個匈奴的未來，最後還是做出了取捨。他緩緩地站起身子，淡淡地道：

「現在已經是你們年輕人的時代了，我這個老頭子已經沒有用了，你們想怎麼做就怎麼做吧，但是有一點，不要讓匈奴內亂，殺於夫羅一人即可。事若成，呼廚泉為左賢王，你去卑就是右賢王。」

「諾！」

第七章

華夏神州

「我鄭重的承諾你們，匈奴、烏丸、高句麗、夫餘、朝鮮五族將正式成為燕國的子民，讓我們為我們的未來舉杯暢飲，共同打造一個多民族的華夏神州！乾杯！」高飛高興地說道。

「乾杯！」所有人都高高的舉起了酒杯。

羌渠離開大帳後，呼廚泉尚有點擔心地問道：「去卑，你真的有把握打敗於夫羅嗎？」

「右賢王放心，去卑有這個實力，為了大匈奴的將來，去卑願意去殺左賢王。不過，左賢王的部下隨從太多，我進不了身，還請右賢王設下鴻門宴，讓人告知左賢王，說右賢王願意以右部相助，請左賢王商量相關事宜，左賢王必然會親自前來，我就在酒宴上下手，斬殺左賢王。」去卑獻計道。

「你的主意不錯，就這樣辦，你們去準備吧，一會兒到我的大帳來。」

呼廚泉對於夫羅沒啥感情，殺於夫羅對他的好處最大，當然會不遺餘力的去做。他最擔心的，還是自己的母親，一旦羌渠去世，那麼自己的母親就會淪為於夫羅的閼氏，這是他最不能忍受的。

匈奴人有「收繼婚」的制度，即父親死了，兒子娶自己的後母；哥哥死了，弟弟會收娶他的妻子。這是匈奴的風俗，之所以流行這種婚姻方式，實際上是由他們的生產方式決定的。

草原生活很艱苦，聚集一點財產很不容易。在草原上，婦女是有一定地位的，如果父兄死了，允許後母寡嫂另外婚配，她們肯定會帶走屬於她們的那一分財產，辛辛苦苦攢下的家產豈不要灰飛煙滅？

所以，為了防止財產流失，匈奴人一般都會採取收繼婚，這也成為傳統，逐漸流傳下來。

值得一提的是，並不是每個匈奴人都會去採取這種收繼婚，不然的話，兒子娶了自己的生母，那就真的是亂套了。

左賢王於夫羅剛回到大帳不久，呼廚泉的人便來了，告知他呼廚泉同意出兵相助攻打並州，喜出望外的於夫羅想都沒想，直接帶著隨從便去了呼廚泉的大帳。

只是，於夫羅並不知道，這一去就再也回不來了……

於夫羅帶著幾名親隨來到呼廚泉的大帳裡。

見呼廚泉已經備下了酒肉，大步流星地走到最上首的位置，當仁不讓地坐在了呼廚泉的右賢王寶座上，擺出一副目中無人的樣子，冷哼一聲道：「看來，你終於想通了。如果你再稍微遲一點，我就會去殺了那個老頭子，順理成章地坐上大單于的位置，然後指揮所有我大匈奴的子民殺向並州，屆時並州一舉可定！」

呼廚泉唯唯諾諾地道：「左賢王雄才大略，非我所能比擬，大單于年邁體衰，已經沒有往日的朝氣，日後領導我們大匈奴的，非左賢王莫屬，還希望左賢王能夠帶領我們大匈奴問鼎天下。」

「哈哈哈……那是當然的了！」

於夫羅抓起一個羊腿，吃了一口羊肉後，大大咧咧地說道：「只要你肯聽我的，服從我的命令，帶領你的部下隨我一起衝鋒，不久的將來，等我們大匈奴占領了中原，我就在中原當皇帝，讓你當我們大匈奴的大單于，你看怎麼樣？」

「很好！能蒙左賢王恩賜，我心滿意足。」呼廚泉說話的時候，看了一下跟隨於夫羅一起來的幾名隨從，臉上表現的有點陰鬱。

於夫羅早就注意到了呼廚泉的動作，當即道：「右賢王，你好像心不在焉啊？是不是有什麼心事？」

呼廚泉嘿嘿笑道：「我最近得到了一名美女，有傾國傾城的姿色，想借此機會獻給左賢王，希望左賢王以後善待我右部子民！」

於夫羅一聽說呼廚泉要獻美女，便來了精神，將羊腿扔下，在身上擦了一下滿手的油污，對呼廚泉道：「美女？可比得過喀麗絲嗎？」

呼廚泉投其所好，見於夫羅上鉤了，大力地點頭道：「比喀麗絲漂亮百倍有餘……」

「如果果真有此美女，那可堪稱我們大匈奴之最啊……」於夫羅隨即看向他的隨從，用目光示意他們出去。

呼廚泉知道於夫羅好色，而且不喜歡有人打擾他和美女的好事，所以一般情況下，都會摒退左右。

他向於夫羅施了一禮，說道：「左賢王在此稍等，我去將美女親自帶來伺候左賢王。」

於夫羅見其他人都退走了，心花怒放的他一個勁地喝酒，幻想著出現在他面前的將是何等的美女。

呼廚泉帶著於夫羅的隨從走出大帳，然後放下捲簾，轉身對他們說道：「幾位勇士，我也為你們各自準備了一名美女，不知道你們是否有興趣……」

他見那幾名隨從面面相覷，不敢冒然接受，便鼓動道：「你們放心，左賢王是我的親哥哥，在我這裡，就像是到了自己家，你們還有什麼好擔心的？」

幾名隨從想想也是，這呼廚泉向來是以於夫羅馬首是瞻，就連大單于都對於夫羅敬讓三分，更別說是其他人了，於是跟隨著呼廚泉的手下去了各個不同的氈房。

幾名隨從一進入氈房，便看見氈房裡有一名美女在等著，立馬色心大動，可是還沒來得及反應，氈房外面便衝進來幾個提著刀的勇士，直接朝他們身上劈砍，不給他們任何還手的餘地。

與此同時，在右賢王的大帳裡，去卑帶著一個戴著面紗的女人走進了大帳，朝坐在那裡的於夫羅便施了一禮，說道：「左賢王，美女帶來了！」

於夫羅看了一眼那女人，擺擺手，示意去卑離開，同時喊道：「美人，過來，到我這裡來……」

美女顯得扭扭捏捏的，去卑見狀，一把拽住美女，呵斥道：「左賢王叫你過去，你沒有聽見嗎？」然後將美女推到於夫羅的身邊。

於夫羅憐香惜玉地說道：「好了好了，你出去吧，這裡不需要你了，沒有我的吩咐，任何人不得進內……」

話音還沒有落，他赫然看見去卑從腰後拔出一把短刀，寒光從面前閃過，眼見鋒利的刀鋒朝自己身上砍來，他意識到了危險，順手將那名美女搶在手裡，用力向前一推，去卑的刀便砍在那名美女的身上。

由於去卑力氣大，出手狠，一刀下去，直接將美女的半個肩膀給削了下來，血光濺得四處都是，可憐那美女連叫都沒有叫一聲，就已經一命嗚呼了。

經過這麼一個緩衝，於夫羅跳到一邊，同時抽出腰中攜帶的彎刀，惡狠狠地盯著去卑，厲聲喝問道：「右谷蠡王！你想造反？」

去卑不卑不亢，絲毫沒有怯意，抹了下臉上的血絲，對於夫羅喊道：「造反的是你！我奉大單于之命，特來殺你！」

「大單于？不可能！這絕對不可能！」於夫羅驚詫地說道。

「你只顧自己，不顧匈奴存亡，燕國強大，不是那麼好惹的，為了顧全匈奴的大局，大單于毫不猶豫地下令殺你，這是事實，今夜你休想走出這個大帳！」去卑橫刀在胸前，厲聲說道。

「來人啊！把這個叛亂的賊子給我拿下！」

於夫羅大聲地朝帳外喊著，可是衝進來的卻都是去卑的手下，一個個都是身強體壯的匈奴勇士，都是二十出頭的年紀。

「我告訴過你，你今天是走不出去這個大帳的！你們都站一邊，我要和他單打獨鬥，生死有命，我若輸了，你們群起而攻之，務必要將於夫羅斬殺！」去卑大聲說道。

「諾！」十幾個刀手橫在大帳的周圍，堵住了去路。

「就憑你？」於夫羅的眼睛裡透出了一股輕蔑，「別忘記了，我可是大匈奴的第一勇士，你能打得過我？」

「左賢王，這個勇士你已經掛了二十多年了，也該換換主人了。二十年前是你從我父親烏利那裡奪來的，現在，我要從你的手中奪回屬於我獨孤部的稱號！」去卑嚎叫道。

「原來你是烏利的兒子！怪不得長得那麼眼熟！二十年前，我挑了你父親的手筋，今天，我要再挑了你的手筋！儘管放馬過來吧！」於夫羅大聲地喊道。

去卑更不答話，換過一把趁手的彎刀，一個箭步便衝了過去。

於夫羅也絲毫沒有膽怯，舉刀迎戰。

「錚！」兩個人瞬間就在大帳裡進行了決鬥，你來我往，相持不下。

二十多招後，於夫羅的氣力漸漸不佳，處在了下風。

三十招過後，去卑已經占據了絕對的優勢，趁著於夫羅一個緩慢的動作，一刀追砍了過去，登時血濺當場。

「啊……我的耳朵……我的耳朵……」於夫羅大叫著，捂著自己的耳朵，滿手血污。

「看來，你真的老了！」說完，去卑一刀猛劈了過去。

於夫羅舉刀抵擋，可是去卑用力太猛，直接將於夫羅的刀給劈斷了，冰冷的刀鋒砍在於夫羅的脖頸上，一顆人頭「嗖」的一聲便飛了出去，鮮血立刻噴湧而出。

「威武！威武！威武！」眾勇士見到後，同時喊了出來。

去卑提著於夫羅的人頭，驕傲地走出大帳，心中想道：「父親大人，我去卑給您報仇了！」

呼廚泉帶著人等候在大帳外面，騎兵圍著大帳，全副武裝，就是怕出現什麼不測。

當他見到去卑提著於夫羅的人頭從大帳內走出來後，這才鬆了一口氣，下令身後的士兵解除戒備。

「右賢王，於夫羅已死！」去卑高舉著於夫羅的人頭，大聲地吼道。

整個右賢王的部族都大聲呼喊起來，長久以來，壓迫在他們頭上的於夫羅死了，讓他們都感到很是高興。

呼廚泉帶著去卑，包裹著於夫羅的人頭，徑直朝單于庭走去。

進入大單于的王庭，呼廚泉、去卑二人單膝下跪，向羌渠叩拜道：「大單于，於夫羅的人頭帶來了！」說完，將於夫羅的人頭扔到羌渠的腳下。

羌渠看了一眼那被染紅的布包裹著的一顆血淋淋的人頭，嘆了聲氣，搖搖頭道：「**老年喪子，還有什麼比這種痛苦更加難受的呢？**」

說罷，他擺擺手，示意奴僕將人頭拿走。

接著，他抬起手，指著放在桌上的一把金刀，對呼廚泉道：「這把昊日金刀乃我攣提氏代代相傳之物，自冒頓大單于統一匈奴各部以來，興衰數百年，今日我將這金刀交給你。我老了，大單于之位也一併授予你，今後是你們年輕人的時代，好好的和燕國和睦相處，也許我匈奴會成為和烏丸一樣的部族，受到燕國的信賴。」

「大單于……我謹記在心！」

「去吧，明日啟程，去薊城受封吧！」

於夫羅的死，並沒有引起左右部族的交戰，匈奴人以強者為尊，知道去卑殺死了於夫羅後，去卑便成了匈奴第一勇士，這種對決很常見，就算是貴族，也不會因為個人的決鬥引起兩部族的交兵。

第二天，呼廚泉即宣布接任匈奴大單于，明盔亮甲，一身戎裝，率領王公貴族、各部首領在莊嚴的神祠裡祭祀了天神祖先，獻上了豐厚的祭品，一頭頭剛宰殺的牛、羊、馬抬上祭臺。他們虔誠地祈求匈奴的守護神——太陽神、戰神——月亮神，保佑他們部族興盛。

祭祀完畢，呼廚泉又讓人以王公之禮厚葬於夫羅，之後，便帶著去卑以及各部首領浩浩蕩蕩的去了薊城，將這裡委託給自己的父親，匈奴的前任大單于羌渠管理。

中原的那場大戰已經過去一個多月了，但是，戰後遺留的問題卻並未在短時間內消除。

賈詡以都督的身分坐鎮中原，留守在兗州境內，高飛將整個中原的軍政大事全部委託給了他。

昌邑城中，昔日的魏王王宮裡，賈詡坐在大廳裡批閱公文，斥候往來不絕，從早到晚，他拿著筆的手一直沒有歇過。

這時，卞喜從大廳外面走了進來，一進大廳，便立刻摒退所有人，徑直走到賈詡面前，抱拳道：「啟稟都督，事情已經辦妥了。」

賈詡放下手中的筆，追問道：「一共有多少家？」

「整個兗州一共三十七家，分別分布在不同的郡縣。」卞喜稟告道。

賈詡沉思片刻，沒有說話。

「都督，下一步該怎麼辦？」卞喜問道。

「殺！統統殺掉，一個不留！」賈詡的目光中射出兩道精光，深邃的雙眸裡充滿了殺氣。

「一個……一個不留？」卞喜驚詫地問道。

「斬草要除根，兗州是曹操的根基，世家大族盡皆支持他，如果不用非常手段，兗州必有後患，為了解除後患，也只能這樣做了。」賈詡狠心地說道。

自從燕軍占領了兗州，這一個多月來，兗州境內的鄉紳富豪盡皆對燕軍採取冷漠的態度，世家豪族更是公開為難燕軍，他們知道曹操逃到關中，一直在心裡留著念想，期待著有一天曹操會率領大軍重新出現在他們的面前。

這一切都讓賈詡看在眼裡，他才讓卞喜帶領斥候，去各地調查兗州這些暗中支持曹操的人。

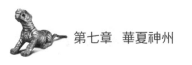

卞喜遲疑道：「可是這三十七家人加一起，少說也有一萬多人，如果全部殺掉，是不是出手太重了？要不然那些家丁、婢女、孩子什麼的，都放了吧？」

「成大事者，至親亦可殺！用這一萬多人的性命來換取整個兗州的長治久安，我認為是值得的。不這樣做，如何穩定兗州？兗州如果不穩，中原何以穩妥？」賈詡凶相畢露，邪惡的嘴臉上掛著一抹得意的笑容。

卞喜勸道：「都督，屬下是擔心兗州會成為第二個徐州，到現在，徐州的百姓還對曹操懷恨在心呢！屬下以為……」

「我知道你擔心什麼，你擔心這樣做會適得其反，對嗎？」賈詡打斷了卞喜的話。

「是的。」卞喜點了點頭。

「你放心，我這樣做，和曹操當年屠殺徐州幾十萬百姓不同，**本府這招叫釜底抽薪**，而且我讓你調查的，都是當地影響最大的家族或者是豪族，殺掉這些死心塌地支持曹操的人，必然會影響到其他人的選擇，所以從某種意義上來說，這條計策也能顯示殺雞儆猴的作用，誰敢再和曹操有任何瓜葛，必然會受到嚴懲。」賈詡解釋道。

卞喜聽後，恍然大悟，想了想，提出疑問道：「都督，三十七家分布在三十七個不同的城池裡，要想不走漏風聲，只怕會很難。」

「呵呵，這個我早就想好了。主公派人遣送過來的各地官員不日即到，等他們到了，我就讓士兵以護送官員上任為由，跟隨著官員們去上任，然後約定一個時間，在一夜之間共同動手，以裡通外敵為由將其滿門抄斬，則兗州可定。」賈詡胸有成竹地說道。

卞喜道：「那這件事就交給我來處理吧，畢竟要做到時間上一致，也只有我訓練的斥候才能有如此默契。」

「嗯，你下去準備吧，明日好去迎接那批官員。」

第二天，賈詡親自迎接了從河北前來中原上任的官員，先在昌邑設宴款待了一番，然後由他指派上任的地方，讓這批官員暫時在驛館休息了一天。

第三天，賈詡派遣各一千名士兵跟隨這批官員去上任。

又過了三天，卞喜依計行事，以雷霆之勢，幾乎在同一時間衝進了分布在兗州各個縣城的三十七家氏族大戶、富豪鄉紳的家裡，血洗了三十七家大大小小的人，連牲畜也不放過，當真是慘絕人寰。

一夜之間，兗州的富豪鄉紳、世家大族盡皆蕩平，使得整個兗州為之震怖。

隨後的時間內，賈詡又陸續施行了幾個鐵腕政策治理兗州，使得他的威名在兗州大震，毒士的謬讚也紛紛傳開。

不過，賈詡並不是冷酷無情、殘暴不仁，他並沒有將那三十七家的財產收入到府庫當中，而是將那些財產進行了合理分配，重新分到百姓的手裡。正因為如此，賈詡替高飛收買了不少人心，為長久統治中原打下了基礎。

不過，有些官員並不這麼認同，給高飛發去了飛鴿傳書，密告賈詡。

幽州，薊城。

高飛這些天時不時就會朝翰林院跑，政務基本上都交給田豐等人打理，所以他才有閒空去給那些工匠講解軸承的好處。

這天也不例外，一大早，高飛出王宮時，便撞上了司馬防，見司馬防神色慌張的樣子，便道：「什麼事情如此慌張？」

司馬防拿出飛鴿傳書，道：「軍師總督中原，用鐵腕強權治理兗州，不惜殘忍殺害了萬餘名無辜，這是兗州昌邑令親筆寫給主公的密信。」

高飛接過來看了後，不怒反笑道：「很好，去府庫準備幾份厚禮，讓人帶給這個縣令，就說這是本大王賞賜給他的。另外給軍師也備上一份厚禮，就說讓他繼續，不用受什麼影響。」

「啊？」司馬防怔住了，沒想到高飛賞賜告密者，竟然連被告的人也有賞。

高飛見司馬防一臉迷惑，便解釋道：「昌邑令不畏軍師位高權重，直言不諱，應該予以嘉獎，這種人很難找得到。而軍師這樣做不過是釜底抽薪，雖然有些過激，但是正因如此，才得以打擊那些不安分的人，從而威懾全州，使他們遠離曹操，所以，兩個都要賞！」

「諾，屬下明白了，這就去辦。」司馬防恍然大悟，便告退道。

「等等！另外讓陳琳以我的名義寫一封信給賈詡，讓他提拔這個昌邑令做他的副手，這樣的人不應該被埋沒。」高飛想起這件重要的事，急忙喊道。

「諾！」司馬防應了一聲。

高飛又問道：「烏丸、匈奴離薊城最近，他們可有什麼消息嗎？」

「啟稟主公，匈奴的大單于更換成呼廚泉，目前正率領左右賢王以及匈奴的王宮貴族朝薊城趕來。烏丸的大單于丘力居已經抵達鄴城，安排在驛館休息。」

「很好，再等些日子吧，讓丘力居和他的兒子樓班也團聚團聚，等什麼時候人來齊了，就什麼時候由我統一接見。」

隨後的大半個月的時間裡，薊城這邊一直在積極籌備登基大典的事，高飛也草擬了一些來參加大典的人才，並且讓人在薊城的城中央廣場上修建一個英雄紀念碑，將中原大戰中死去的將士們的名字全部刻上去，還進一步安撫了死者家屬。

九月初七，距離高飛正式稱帝的日子還有兩天的時候，高飛召見的匈奴、烏丸、夫餘、高句麗、三韓的首領以及王公大臣都到齊了，加上經過遴選的各地官員入京參加大典的人，整個薊城熱鬧非凡，還有許多老百姓從周邊的郡縣不斷地湧入，就是為了觀看這場盛典，給京中帶來了巨大的商機。

大殿上，高飛坐在那裡，環視在座的眾位，其中有他認識的，也有不認識的，但這些蠻夷在聽到他的號召後，都獻上了不同的禮物，可見高飛的影響力絕非一般。

「諸位大單于、大王、城主、首領，十分歡迎你們來到薊城，你們有的路途遙遠，有的路途近，早來的人恐怕早已等得不耐煩了，遲來的也或許埋怨我為什麼不給你們一個喘息的機會。但不管你們來的是早還是晚，今天是我第一次正式接見你們，也是敕封你們的時候。」

眾人立刻被高飛的話給吸引住了，都在想高飛會封賞他們什麼樣的官職，因而目不轉睛地看著高飛。

「我稱帝後，你們就是我的子民，是我燕國的一員，和漢人擁有同樣的待遇，絕不會被歧視，所以，我希望你們放棄舊俗的稱號，按照大燕提供給你們的官職為官，不知道你們可否願意？」高飛問道。

丘力居第一個站起來，向高飛行了一個漢禮，說道：「烏丸早已和燕國融為一體，共同進退，願意接受封賞。」

緊接著，原高句麗王子伊夷模也表示願意聽從高飛的調遣。

到後來，只有呼廚泉的匈奴一族還在猶豫當中。

「呼廚泉大單于，請問你可曾想好？」高飛等不及地問道。

呼廚泉陷入了沉思當中，自己剛剛當上大單于還不足一個月，怎麼這麼快就要卸任了。

高飛見呼廚泉不說話，緩緩說道：「自盤古開天闢地以來，我神州大地上共經歷了三皇五帝，這之後，我神州大地皆以炎黃子孫自稱，而所有生活在我神州大地上的人民，皆統稱為華夏。匈奴、烏丸、夫餘、高句麗，甚至是朝鮮，無不出自我華夏神州。**無論是你們五族還是我們漢人，都是華夏神州的子民**，為了讓我們更好的相處下去，我才將你們全部召集到薊城來，我想說，**其實我們的先祖都是一家人，為什麼我們就不能成為一家人呢？**」

按《史記》，匈奴人的先祖是夏朝的遺民。《史記・匈奴列傳》記載：「匈奴，其先夏後氏之苗裔，曰淳維。唐虞以上有山戎、獫允、薰粥，居於北邊，隨草畜牧而轉移。」意思是夏的後裔淳維，在商朝時逃到北邊，子孫繁衍成了匈奴。

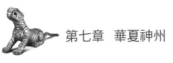

還有一說認為，移居北地的夏之後裔，是夏桀的兒子。夏桀流放三年而死，其子獯鬻帶著父親留下的妻妾，避居北野，隨畜移徙，即是中國所稱的匈奴。

部分學者根據《史記》記載的後半段文字，認為匈奴原是山戎、獫狁、葷粥。王國維在《鬼方昆夷獫狁考》中，把匈奴名稱的演變作了系統的概括，認為商朝時的鬼方、混夷、獯鬻，周朝時的獫狁，春秋時的戎、狄，戰國時的胡，都是後世所謂的匈奴。

但不管怎麼說，都印證了匈奴是華夏後裔的這一事實，所以高飛的這一番話，算是說到了呼廚泉、去卑等匈奴人的心坎裡了。

匈奴自秦漢以來，一直是漢人的大患，雙方之間常常爆發戰爭，是以逐漸形成了仇敵。直到後來匈奴南北分裂，北匈奴遠遁，南匈奴歸附漢朝，這種戰爭才得以停歇了好長一段時間。

但歸附漢朝的南匈奴也並不好過，他們失去了原有的塞外駐地，東部崛起的鮮卑人趁勢占領了他們祖先的土地，為求自保，匈奴人不得不僅僅依靠大漢的懷抱。可是，大漢卻沒有把他們當自己人，而是能打壓就打壓，將他們鉗制在一個地方，還不許擅自出塞。

如今，呼廚泉、去卑等人像是找到了知音一樣，高飛的那番神州華夏一家論，讓他們深受感動。

除了匈奴人之外，丘力居等烏丸人、伊夷模等高句麗人，以及夫餘王、朝鮮半島上的三韓王公都對高飛的這番論述十分的贊同，心裡充滿了欣慰。

最後，呼廚泉終於做出了表態，高聲道：「我匈奴，願意永久性接受燕國的冊封，從此以後，匈奴人就是燕國的子民，是未來陛下的子民。」

「從今天開始，我鄭重的承諾你們，匈奴、烏丸、高句麗、夫餘、朝鮮五族將正式成為燕國的子民，讓我們為我們的未來舉杯暢飲，共同打造一個多民族的華夏神州！乾杯！乾杯！」高飛聽後，高興地說道。

「乾杯！」所有人都高高的舉起了酒杯，滿心歡喜地開懷暢飲。

西元一九〇年，九月初九。

清晨的太陽尚未升起，被露水滋潤著的暗紅色彩雲隱隱浮在東方平原上，清冷的空氣中偶爾傳來幾聲鳴叫。

群山還沉沉地隱沒在蓄勢待發的朝陽中，輪廓模糊，卻又如同打著哈欠的龐然大物，只需一點風吹草動，便顯露出駭人的身形。

片刻之後，濃紅色的太陽在霧氣中猛地迸出一道光芒，把遠處群山的頂峰映耀在自己的燦爛之中。

擴建了一個月的皇宮已經於昨日正式完工，重重殿宇，層層臺閣，鱗次櫛比，錯落有致，整座宮殿金碧輝煌，遠遠望去，像天上的神宮安落在人間。

這一天，薊城內空前的熱鬧，準備了許久的登基大典正式舉行。

高飛身披龍袍，頭戴皇冠，乘坐著巨大的華蓋大車，被十六匹清一色的戰馬拉著，繞行薊城一周，接受萬民朝賀。

半晌後，再緩緩駛入薊城中的皇宮，按照漢朝禮儀，祭拜天地，宣讀檄文，接受百官朝賀，正式稱帝。

高飛以華夏為國號，以神州為年號，並且採用西元紀年，以西元一九〇年為神州元年。並且，正式確立內閣、樞密院兩個權力機構，內閣管理政事，樞密院管理軍事，其中各內閣成員全部為丞相，樞密院成員全部為太尉，盡皆為正一品官職。

高飛以田豐、荀諶、蔡邕、管寧、鍾繇為首任內閣成員；以賈詡、荀攸、郭嘉、蓋勳、盧植為首任樞密院成員；以邴原為戶部尚書，以司馬防為工部尚書，以國淵為禮部尚書，以崔琰為吏部尚書，王烈為刑部尚書，以王文君為兵部尚書，以士孫瑞為商部尚書，以卞喜為情報部尚書，以司馬朗為外交部尚書，正式確立燕國的官僚體系。

在軍職方面，高飛任命趙雲為虎威大將軍，以黃忠為虎烈大將軍，以太史慈為虎翼大將軍，以甘寧為虎衛大將軍，以張遼為虎牙大將軍，五虎大將盡皆位列正一品。

其後，以張郃為驃騎將軍、徐晃為車騎將軍、龐德衛將軍、盧横為衛尉，官居從一品。以臧霸為左將軍、陳到為右將軍、魏延為前將軍、文聘為後將軍，官居正二品。

以高林為中領軍，周倉為鎮西將軍、廖化為鎮南將軍、褚燕為鎮東將軍、韓猛為鎮北將軍，官居從二品。以烏力登、李典、樂進、朱靈為平東、南、西、北四將軍，官居正三品。

此外，夏侯蘭、田疇、鮮于輔、公孫康、司馬防、以及各級文武，盡皆有所封賞。

登基大典之後，高飛正式頒布華夏國第一道聖旨，其要義為：廢除奴隸制，堅決杜絕買賣人口，全國重新丈量土地，普查人口，各州、府、縣、鄉均開設學堂，並且親自演練出來了一套拳術，鼓勵全國百姓練武等。

高飛稱帝、建國華夏的消息迅速傳遍大江南北，**在高飛稱帝的第二天，吳王孫策也於建鄴正式稱帝，國號為吳，而割據交州的士燮，也公開稱帝，國號越。**

至此，**華夏、秦、蜀漢、荊漢、吳、越六國並立於天下，一場關乎統一的戰爭，正式拉開了序幕……**

秦國，長安。

皇宮大殿上，馬騰高坐帝位之上，接受百官朝賀。

禮畢之後，司空陳群當即出班，稟告道：「啟稟陛下，高飛已經於七日前正式在薊城稱帝，改國號為華夏，年號神州，定都薊城，而東吳孫策、交州士燮，先後稱帝，天下六分，多事之秋，臣以為，為防止華夏國襲擊關中，當增派兵力駐守邊塞、關隘。」

「准奏！」

馬騰這個皇帝雖然是被逼的，可是事實證明，他還是願意做這個皇帝的，而且做得還不錯，一回到長安，便聽取了楊彪、陳群等人的建議，派太子馬超趕赴涼州，安撫西羌各部，輕徭役，薄賦稅，漸漸穩定住了略顯動盪的秦國。

「啟稟陛下，臣還有一事稟告，蜀漢大軍日前在白水關徘徊，臣以為，蜀漢應該在窺伺武都郡，武都緊挨著廣漢、我軍之前已經攻克了漢中張魯，盡收其眾，鉗制住了蜀漢的出路，為蒙求出路，蜀漢軍應該會攻取武都郡，然後再齊攻漢中。

「臣以為，漢中、武都都危在旦夕，太子殿下趕赴涼州已經多時，羌族各部也差不多安撫了，也是時候讓太子殿下回京了。然後讓太子殿下去對付蜀漢軍，必然能夠使得蜀漢大軍膽寒。」陳群繼續說道。

馬騰雖然當了皇帝，可是身上的那股衝動和血性仍在，搖搖頭道：「西羌乃我秦國之根本，羌人好鬥，勇士無數，若大秦要是想招兵，羌人是首選。孟起入涼剛滿一月，羌人部族太多，恐怕還沒有走訪一半。此時將孟起召回，無疑是殺雞取卵。劉璋的蜀漢不過是跳梁小丑，又何懼哉？朕準備御駕親征，迎擊蜀漢軍，讓他有來無回！」

「御駕親征？不可不可，陛下萬萬不可啊。」陳群急忙阻止道。

「有何不可？」

「陛下乃一國之君，豈能如此草率，蜀漢不過是跳梁小丑，不如直接委派大將，率軍抵禦即可。臣以為，衛將軍張繡可擔當此任。」

馬騰很是彆扭，但是又不得不聽從陳群的意見，畢竟他不太懂得治國之道，所採用的策略也大多數是陳群提出來的，而且對陳氏一族頗為器重，基本上是言聽計從。於是，他點點頭道：

「既然如此，就傳來張繡帶兵一萬駐守武都下辨，以防止蜀漢大軍偷襲，另外派遣索緒駐守漢中，加強防範。」

「臣遵旨！」

朝堂上，荀彧、徐庶、劉曄、滿寵這幾個自從來到這裡，過得非常不如意，經常有人跟蹤他們，私下裡也並不見面，就連曹操也一直被馬超帶在身邊。

早朝過後，四個人不禁嘆道，這樣的日子究竟還要過多久?!仰望天空，他們彷彿看到曹操自信的臉龐，孤寂的心似乎找到了明路，大踏步朝皇宮外走去，任由監視他們的人跟隨……

西涼，燒當羌部。

「主人，這是徐庶從長安送來的密信，請主人過目。」許褚走進氈房，看著曹操，彎腰遞上一封信。

曹操急忙接了過去，匆匆看了一眼後，嘴角露出微笑，之後將信件燒掉，對許褚道：「事情正向我預料的那樣進行，復國之日不遠了。」

「諾！」

這時，曹仁從帳外走了進來，向曹操拜了拜，道：「主人，帳外有一形跡可疑的少年，被我給拿下，他指名道姓的要見主人……」

曹操正沉浸在徐庶從長安派人送來的密報當中，知道張繡去駐守武都，索緒駐守漢中了，一切正按照他預料的那樣進行著，忽然聽到曹仁進來稟報，便道：「少年？漢人還是羌人？」

「漢人。」

「既然是漢人，那他的膽子可真夠大的，讓他進來，我倒要看看這個少年是誰！」

「諾！」

不多時，曹仁領著一個白淨的少年走了進來。

少年穿著一襲墨色長袍，頭上戴著一方綸巾，面如冠玉，脣紅齒白，儀表堂堂，活脫脫的一個富家公子。

他一進帳，目光迅速地掃過曹操和許褚，見曹操坐在那裡，拱手拜道：「晚輩楊德祖，見過魏侯。」

「楊德祖？」

曹操默念了一下，腦中忽然閃過一個人來，就是太尉楊彪，猜測道：「你是河南侯楊修？」

楊修點了點頭，笑著說道：「只是個虛爵而已，河南諸地盡皆在華夏國手中掌控……」

「呵呵，我跟你也差不多，亡國之君，只好在此寄人籬下。」曹操語中帶著一絲失落。

「魏侯不必如此沮喪，關中乃用武之地，涼州也可以有所作為，只是不知道魏侯願不願意鋌而走險……」

楊修開門見山，直接插入話題，目光中流露出智慧的光芒，一閃而過，嘴角上還掛著一抹淡淡的笑容，似有似無，讓人分不清他到底是在笑還是沒笑。

曹操看了眼楊修，覺得楊修深邃的雙眸充滿了智慧，才華橫溢，他和楊彪並無來往，楊修又是第一次見面，而且楊修的妹妹已經許配給了馬超，是未來的太子妃，雖然還沒有正式過門，但也是早晚的事情。

此時楊修突然造訪，不得不讓曹操有所防備，他聽楊修的話語裡有所暗示，面不改色，臉上依舊掛著笑容，心裡卻想道：「難道……我的計畫被看破了？如果真是這樣，那這個人就太危險了，說什麼都不能留！」

「魏侯多慮了，如果我想告密的話，你們根本活不到今天。此次前來，我有要事和魏侯商量。」楊修見曹操面上不動聲色，眼神卻顯得閃爍不定，急忙說道。

「你有什麼要事？」

「如同魏侯心中所猜測的一樣。」

「哈哈哈……你能看出我猜的是什麼?」

「不能!但是能夠感受得到。魏侯將荀彧、徐庶、劉曄、滿寵、董昭都留在長安,卻帶著眾將出來,其中的深意,魏侯比我更加清楚,我也就不一語道破了。我此次冒著這麼大的風險來找魏侯,就是為了以後的事情,**我楊氏一門願意在暗中幫助魏侯,魏侯他日復國也就會多一份勝算!**」

曹操聽後,背脊上冒出了冷汗,**自己絞盡腦汁想出的計策,居然會被一個年近十五歲的少年給看穿了,這種可怕,絕不亞於面臨一個強敵。**

「你……你剛才說,楊氏願意助我復國?」曹操也不再隱瞞了,試探地道。

「蓋觀天下,唯一能與華夏國皇帝高飛抗衡的,也只有魏侯了,如果魏侯不是輸在徐州這個問題上,魏國不會在短短的時間內迅速滅亡。秦王掃六合,漢高祖平定天下,皆是以關中為基礎,馬騰是個武夫,馬超更是個不折不扣的武夫,雖然馬氏一族很驍勇,但是一旦遇到魏侯這樣的智者,就會顯現出來劣勢。

「馬氏之所以能夠在關中立足,完全是仰仗羌人,**只要魏侯能將馬氏趕向關東,失去了羌胡的支持,馬氏一門就失去了力量。**關中、涼州,乃天成之地,是魏侯以後爭霸天下的東山再起的雄資……」

說到這裡，楊修突然戛然而止，斜視了曹操一眼，炯炯有神的目光似乎在等待著答覆。

第八章

竊國大盜

楊修鄭重其事地道：「與其為一個武夫效力，不如為一個智者效力，要想問鼎天下，秦國還需要一場徹徹底底的風暴，當風暴席捲了整個秦國時，必然會有一番新的氣象。」

曹操笑道：「好！這個竊國大盜，我做了！」

曹操聽完楊修的這半截話，彷彿自己就是個透明人，因為楊修說的，就是他所想的。

這深遠而又長久的計畫，是他在丟失了徐州和青州之後就想出來的，看似他占領了中原，但是實際上，他只擁有兗州一地，因為其他三州還沒有得到恢復，燕軍就已經快速攻打過來，加上遺留的問題，使得他徹底而又快速的敗了這一陣。

事實上，如果再給他三年時間，他未必會輸得那麼徹底，也不會輸得那麼快，可是世間上的事往往事與願違。

「原來，你早就知道了……」曹操看了一眼楊修，問道：「知道這件事的，還有誰？」

楊修道：「目前來看，只有我和我父親。不過，很快你就會有其他的支持者。你知道司空陳群嗎？」

「嗯，剛到長安的時候見過一面，此人有治國之才，而且深藏不露，是馬超的智囊。」

「非也！馬超並無智囊，陳群之所以會跟隨在馬超的身邊，完全是為了保全陳氏一族，並非出自真心，即使位高權重，也時刻保持著小心，所獻之策，也都是為了百姓著想。」

楊修和陳群很親近，私下裡也有交集，對陳群的想法瞭若指掌。

曹操狐疑地問道：「我不過是個落魄之君，與你們在秦國位高權重相比較起來，簡直不值得一提，為什麼你們會幫助我？好像你的妹妹也即將成為秦國的太子妃吧？」

「弒君者乃國之大罪，我楊氏一門忠烈，忠於大漢，司徒王允、太傅馬日磾之死，深深地刺痛了我父親的心，要想驅逐馬超，光憑我們這些人是不夠的，馬超英勇無敵，整個秦國無一個人敢與之抗衡。魏侯帳下猛將如雲，單是一個虎癡許褚就足以牽制住馬超，何況魏侯又是亂世之奸雄，治世之能臣，文韜武略樣樣精通，是皇帝的最佳人選。」

「你們真的願意助我竊國？」

楊修鄭重其事地道：「**與其為一個武夫效力，不如為一個智者效力**，魏侯是個智者，自然知道我們這樣做的原因，楊氏雖然受到馬氏的重視，但無論如何，都只不過是個虛職，**要想問鼎天下，秦國還需要一場徹徹底底的風暴**，當風暴席捲了整個秦國時，必然會有一番新的氣象。」

曹操笑道：「好！**這個竊國大盜，我做了！**事成之後，我曹操必然不會虧待你們的。」

楊修呵呵笑道：「那最好不過了。魏侯，你的那些謀士都被人嚴密監視了，能夠偶爾給你傳出消息已經很難了，我向來遊手好閒，而且馬超對我也沒有防範，更不會知道我來了涼州，所以趁著這個機會，可以幫助魏侯。」

「馬超現在在燒當羌的酋長那裡飲酒，而且羌人把馬超當做神威天將軍，有馬超在，我們如何能和羌人牽扯上關係？」曹操問。

楊修把目光移到許褚的身上，一臉笑意的望著許褚，卻什麼都不說。

許褚被楊修望得有點發毛，呵斥道：「你看我幹什麼？」

曹操會意，也笑了出來，當即說道：「仲康，**你想不想做羌人的神威天將軍？**」

許褚道：「主人讓我做，我就做。」

「羌人好勇鬥狠，以武力高者為尊，馬超正是因為在整個秦國無人能敵，又橫行羌人諸部，所以才被稱之為神威天將軍。不過，如果有一個人願意去挑戰馬超，而且還將馬超打敗的話，那麼，馬超的威名在羌人部落中就會有所下降。只要以後再用反間計離間馬超和羌人的關係，羌人必然會捨棄馬超。而且，馬騰、馬超帶出了那麼多的羌人勇士，回來的卻是十分之一，雖然羌人以戰死為榮，但是這樣大規模的死亡，無疑降低了各部族的人口。羌人對這樣的事情難以忍受，這個時候正是最佳的時機。」楊修緩緩說道。

曹操笑道：「我明白了，我知道該怎麼做了，多謝提醒。子孝，好生照顧河南侯，有什麼閃失，我唯你是問。這會兒馬超應該喝得差不多了，仲康，你跟我來，神威天將軍離你不遠啦。」

許褚聽完，似乎明白了什麼，跟著曹操走出大帳。

「魏侯！」楊修突然叫道。

曹操止步，轉身問道：「河南侯還有何事？」

「多帶一個人去，王雙非等閒之輩，必須要有人擊敗他。」楊修提醒道。

「我一個人足矣！」許褚拍拍胸口，自信滿滿地說道。

曹操笑道：「河南侯，你莫要小看了我家虎癡，此時馬超微醉，只怕絕非虎癡對手，小小王雙，更是不在話下。」

說完，曹操帶著許褚轉身而去。

楊修見曹操離開，長出一口氣，對曹仁道：「曹將軍，我還有些事需要你們從旁協助。」

曹仁抱拳道：「侯爺請講。」

楊修於是小聲對曹仁說了幾句話，曹仁聽後，喜出望外，當即出大帳，叫來夏侯惇、夏侯淵、曹洪、曹休、曹真等人，商議片刻後，各自散開。

「馬超，**你的末日就要來臨了**。」說完這句話，楊修即刻修書一封，派親信即刻回長安去。

燒當羌的部落裡。

馬超正和羌王開懷暢飲，篝火成堆，羌民圍著篝火一起跳舞，用他們部落裡特有的形勢來歡迎神威天將軍。

進入羌人部落已經半個月多月了，馬超先後去了參狼羌、白馬羌，將兩位羌王不服的心給漸漸平復之後，這才來到燒當羌。

燒當羌在整個羌人的部落裡是最大的一支部族，也是人口最多，實力最強的一個，如果能繼續籠絡住燒當羌為他效忠，馬超就不虛此行了。

「天將軍，聽說你還未婚娶，我燒當羌裡有一絕世美女，想獻給天將軍，不知道天將軍意下如何？」

燒當羌的羌王那良身材魁梧，斜披著一件狐裘，露在外面的一條臂膀十分粗壯，一臉笑意地對馬超道。

馬超正求之不得呢，這樣一來，就等於是和燒當羌聯姻了，會讓他在羌人當中的威信更加的高。

他點點頭，舉起酒杯和那良碰了一下，開心地道：「如此最好，這樣一來，我們就可以世代姻親，彼此也有所照顧。不知道那美女是誰？」

那良是燒當羌的羌王，同樣是整個西羌的羌王，武力過人，豪氣干雲，年僅二十六歲，便技壓群羌，加上為人仗義，所以在西羌算是呼風喚雨的人物。

幾年前，燒當羌因為跟隨北宮伯玉騎兵反叛朝廷，老羌王戰死沙場，燒當羌也受到了重創，當時未曾受損的先零羌前來滋事，先零羌的羌王勇不可擋，殺人無數，若非那良以一己之力擊敗了先零羌的羌王和十八個勇士，恐怕燒當羌那次真的會被先零羌吞沒。

先零羌的羌王被那良殺了，其部眾畏懼那良，盡皆退兵。於是，燒當羌部眾便共同推舉那良做了羌王。

那良繼任羌王後，沒有向先零羌展開報復，而是緩和燒當羌和其他部落的關係，逐漸取得參狼羌、白馬羌、當煎羌、當闐羌、封養羌、牢姐羌等這些相對比較小的羌王的信任，被這些羌王一舉推選為西羌王。

那良一經當上了西羌王，認為時機成熟了，就立刻糾結十餘部羌人，聯合向先零羌發動進攻，將死敵先零羌打的慘敗。勝利後，所有從先零羌帶回來的戰利品，那良一個不要，全部分給了其餘部落的羌人，是以他的名望在整個西羌是最高的。

正當那良威望將要達到極致的時候，馬超的出現，無疑是他的一個噩夢，他居然敗給了當時只有十三歲的馬超。

那良對馬超驚為天人，這之後，便以神威天將軍稱呼馬超，兩個人也結成了忘年交，經常在一起切磋武藝、騎術、箭術。所以，對於馬超有什麼要求，他都儘量去滿足。

他曾應馬超之邀，糾結了十餘萬羌人騎兵交付給馬超，助他平定中原。不過，他沒有想到的是，出去了十餘萬騎兵，回來的卻只有一萬多人。

對他來說，這是一個致命的打擊，不僅使得他在羌人的部落中名聲掃地，更讓他對馬超痛恨非常，也間接的削弱了燒當羌的實力。

若非馬超及時從長安帶來大批財物前來籠絡，部落裡的人也都接受了這種方式，他肯定會糾結所有羌人，攻下長安去找馬超算帳。

那良笑了，對馬超道：「這美女可是我的妹妹，只要你娶了她，咱們之前的事就一筆勾銷。兄弟照做，酒照喝，肉照吃，怎麼樣？」

「噗……」

馬超聽完，剛喝到嘴裡還沒有來得及嚥下的酒直接噴了出來，嗆得他咳嗽了好幾聲，差點沒有被嗆死。

「天將軍！你這是什麼意思？」那良見狀，臉上露出一絲不喜。

「什麼意思？你說是什麼意思？你的妹妹我見過，醜得沒話說，你還好意思說她漂亮？你這不是害我嘛？」

馬超向來有什麼說什麼，所以毫不隱瞞他的想法，而且跟羌人打交道，你就得有什麼說什麼，要是藏著掖著，羌人反而會對你起疑心，直言不諱，羌人反而覺得你很實在。

那良狐疑道：「你說我妹妹醜？你當真見過我妹妹？」

「見過，今天早上見的，醜得不得了。」馬超嫌棄地道。

「不可能！我妹妹是整個西羌最美的！」

「美個屁！」

「你……你到底還想不想聯姻？不聯姻的話，就離開這裡，以後大家各走各的路，不必再來往了。」那良見馬超說自己妹妹醜，肺都快氣炸了。

「聯姻！這姻一定要聯！」

此時，曹操從人群裡擠了出來，身後跟著許褚，大步流星地走到馬超和那良的身邊，一臉笑意地說道。

那良看了曹操一眼，見曹操雖然其貌不揚，但是別有一番威武，問道：「天將軍，他是誰？」

「我是曹操。」曹操不等馬超回答，便搶先答道：「羌王不要動怒，不就是聯姻嘛，太子殿下肯定會同意的，而且……」

「要娶你娶，我才不會娶一個醜八怪呢！」馬超白了曹操一眼。

「我娶就我娶，只要能和羌王聯姻，大家以後就是自己人了，美醜只是外表，只要內心美麗就成了。」曹操毫不猶豫地說道。

這話一落，倒是讓那良、馬超都吃了一驚。

「你是曹操？」那良指著曹操的鼻子道：「就是那個被燕軍打得沒地方跑，最後不得已投靠了天將軍的曹操？」

「是我。」曹操也不否認，坦言道。

「曹操，記住你剛才說的話，羌王的妹妹你一定要娶。」

馬超生怕曹操一會兒見了羌王的妹妹反悔，心想曹操要是代替他娶了羌王的妹妹，那也算是聯姻了。

「君子一言駟馬難追，我曹操說一不二。」

那良皺起眉頭，他聽過曹操的名字，雖然不熟，但好歹以前也是魏王，心想妹妹嫁給這個人也不算吃虧。於是，他再次打量了一下五短身材的曹操，竟然發現他看不透這個人，便再次問道：「你可不能後悔！」

「我絕不後悔。」曹操很堅決地說道。

「那好，那我就把妹妹嫁給你，今晚就完婚。」那良道。

馬超喝得有點多了，臉上都泛起了紅暈，在一旁揶揄道：「要得，曹操啊，你可撿了一個大便宜啊，羌王的妹妹是美女呢！」

曹操也笑了，他確實是撿了一個大便宜，沒想到馬超這麼沒腦子，居然會拒絕這門親事，對他來說，這無疑是籠絡羌人的最好辦法。

「把蘭蘭叫來，叫她來見見她的男人。」那良當即扭頭對身後的人說道。

不一會兒，一名蒙著面紗，穿著十分性感的妙齡女郎走了過來，一抹圍胸纏繞著上半身，下半身是一件紅色的短紗裙，胳膊、肩膀、小腹、大腿都露在外面，曼妙的身材十分惹火，羌女開放到如此程度，不禁令曹操咋舌。

她的手上、腰上、腳踝上都戴著鈴鐺，走起路來叮噹作響，所過之處立刻引來眾人的圍觀。

這是一個充滿異域風情的女子，雖然隔著面紗，但是她的出現，足以震動每個男人的神經。

她的身後跟著兩名穿著嚴實衣服的羌人女婢，一行三人緩緩地朝著曹操、那良、馬超這邊走來。

「主人……你……你流鼻血了？」許褚對女人沒興趣，而且時刻提防著馬超，忽然扭頭，看見曹操鼻孔出血，急忙說道。

曹操並沒有意識到這一點，他只覺得看到這個女子，體內便熱血澎湃，整個人都沸騰了。還沒看見她的容貌，就已經吊足了他的胃口，這種女子正是他夢中的女神。

他一生好色，而且專門喜好熟婦，為什麼呢，因為她們有經驗，知道該怎麼樣取悅男人。

縱觀歷史，曹操有二十五個兒子，女兒沒統計過，他的老婆的數目可想而知，而且還有一次險些因為女人喪命，不過，他依然不改本性，晚年仍是縱欲無度，要不然哪裡來的那麼多兒女?!

曹操急忙擦拭了一下鼻血，收回略顯猥瑣的目光，定了定神，不再觀看。

「大王，哪個是我的男人？」美女問。

這女子是那良的親妹妹，不過是同父異母的兄妹。女子的母親是西域的美女，被那良的父親搶過來，所以女子一直受到母親的影響，生活方式也和西域人一樣，和羌人大大不同。

「就那個。」那良指了一下曹操。

女子叫蘭蘭，看了眼曹操，便走到曹操的面前，當即摟住曹操的脖子，隔著那層面紗，「啵」的一聲，在曹操的臉頰上印下了一個唇印，笑道：「你真有膽量，居然敢娶我，很好，很好。」

這時，蘭蘭取下了面紗，容貌登時讓在場的曹操、馬超、許褚震驚不已，失聲道：「這還是人嗎……」

在看到蘭蘭的長相前，曹操早已做好心理準備，因為他聽到馬超和那良的談話，知道即將要娶的是一個醜女，然而為了復國大業，別說讓他娶一個醜女當老婆，就是讓他給醜女舔腳趾他都毫不猶豫。

但是，事情出乎他的預料。饒是曹操做好了接受醜婦的準備，卻還是被蘭蘭嚇了一跳，當蘭蘭扯開面紗的那一霎那，曹操被嚇得連連倒退，險些跌倒。

馬超更是驚為天人，看得目瞪口呆，端在手中的酒杯不小心滑落下來；就連一向對女人沒有什麼興趣的許褚也是驚嘆不已。

這一刻，時間彷彿靜止住了，一個美得讓他們三個人窒息的女子就站在那裡。

一頭紫褐色的長髮高貴的盤在頭上，端莊又典雅，如玉般的臉頰鑲嵌著兩顆宛如星辰，閃閃發亮的黑珠子，有若出水芙蓉一般清麗脫俗的無雙容顏，挺直的秀鼻，紅潤的小嘴，使她看起來美得像天女下凡，聖潔無比。

她微吐香舌的雙唇流露出一抹潔白，水汪汪的大眼睛帶著勾魂攝魄的魅力，顧盼飛揚間，就算她根本未曾瞧過你一眼，你也會感覺到那種動人心魂的力量，讓人尋思著哪怕只要她正眼瞧上自己一眼，死了也心甘！

她恰到好處的身材，不堪一束的腰肢，高聳欲裂衣而飛的胸部，修長而筆直的雙腿，無論身體的哪一部分，都給人極大的誘惑。

美，有好多種，蘭蘭屬於妖豔的美，美得讓你窒息，讓你無法相信這是真實的。西羌第一美女果然名不虛傳。

曹操驚訝的合不攏嘴，內心裡卻在暗暗地偷笑，對自己意外地撿到了便宜很是得意。

馬超萬萬沒有想到那良的妹妹會如此的美麗，他之所以斷定那良的妹妹醜陋無比，是因為那良長得就讓他噁心，那一張像是被鬼捏的臉龐，看了就倒胃口，於是他斷定那良的妹妹肯定也是個醜婦。

事實證明，他錯了，這樣的美女應該是他馬超的。

蘭蘭見曹操被嚇得退後三步，便上前一步，問道：「怎麼？我很醜嗎？」

「美！很美！我是被公主的美豔給鎮住了。」曹操趕忙解釋道。

曹操一副流著口水，一臉猥瑣的樣子，眼睛直勾勾地盯著蘭蘭，時不時還掃視一下蘭蘭高聳的胸部。

蘭蘭卻一點都不在乎曹操的眼神在盯著自己的胸部，反而迎合曹操的眼神，故意將胸部挺高，滿意地說道：「你這個人很有趣，一點都不虛偽。」

轉過頭，蘭蘭對那良說道：「大王，這個男人既然敢娶我，就說明他的膽識過人，我要了。」

「等等……」馬超突然插話道：「你不屬於他，屬於我。」

那良苦笑道：「天將軍，剛才你不是……」

「剛才我是故意的，是試探曹操而已。」

曹操恨得咬牙切齒，許褚也恨不得一拳打死馬超。

蘭蘭見馬超也來爭奪自己，看馬超儀表堂堂，英俊不凡，遠比曹操要好上百倍，笑道：「天將軍也想娶我為妻嗎？」

「如此美人，只有我才能配得上，我是秦國太子，你們羌人的神威天將軍，我馬超要的女人，誰敢跟我爭?!」馬超豪氣的說道。

蘭蘭咯咯笑道：「你真的要娶我？」

「是的！」馬超大聲道。

「可我是個不祥之人，到目前為之，已經連續剋死了十七任男人，每次新婚之夜時，我的男人還沒爬上我的床，就會莫名其妙的死亡，各種死法都有，因而至今為之，沒人敢再要我！」蘭蘭毫不避諱地說道。

「蘭蘭，你怎麼……」那良見蘭蘭把真相說了出來，嘆了口氣。

蘭蘭道：「大王，有些事情，讓他們知道了有好處。」

說完，蘭蘭分別看向曹操、馬超，問道：「你們現在誰還敢娶我？」

曹操猶豫了，他雖然好色，但是涉及性命的事，他是很理智的。

他很不甘心地看了蘭蘭一眼，想把蘭蘭的美刻在心裡，在他看來，這種美人只應天上有，看來與他無緣，於是很果斷的搖搖頭，他的復國大業遠比一個美女更加的重要。

「你呢？」蘭蘭見曹操退縮了，便扭頭看向帥氣的馬超。

「對不起，我已經有太子妃了，你的美，我無福消受。」馬超亦是直言拒絕了。

蘭蘭笑了，心中卻顯得很是悲涼，她重新戴上面紗，轉身便走，頭也不回，很快便消失在人群中。

那良見蘭蘭悵然地離去，心中也是為之惋惜，對曹操和馬超鄙夷地道：「中原英雄也不過如此，連個女人都不敢娶，算什麼英雄？可憐蘭蘭了……」

剋夫，聽起來很迷信。但是在古代，這樣的事屢見不鮮。一般剋夫的女子再嫁出去會很難，而像蘭蘭這樣連續剋死了十七個丈夫的人，更加少之又少。

古人對這種迷信很相信，曹操、馬超這種割據一方的霸主都如此害怕，更別說其他人了。

蘭蘭的出現只不過是個插曲，很快，篝火這邊便又恢復了熱鬧。

馬超坐了下來，喝著悶酒，不甘心地問道：「那良，你妹妹果真剋死了十七個丈夫嗎？」

那良點點頭，道：「很抱歉沒有和天將軍說清楚，我只是想，以天將軍的神威也許能扭轉蘭蘭剋夫的命。」

「哼！你好大的膽子，居然敢拿本太子當試驗品？」馬超怒道。

那良道：「天將軍息怒，那良絕非有此意，只不過……反正請天將軍相信我，雖然聯姻不成，但是我燒當羌仍會支持天將軍的。」

「如此最好。」

曹操這會兒走了過來，說道：「大王，聽說西羌以武力定高低，那是不是打敗了大王，就能成為一個合格的勇士？」

那良聽後，點了點頭，問道：「怎麼，你想向我挑戰嗎？」

「不，是我的屬下，他聽說羌王是西羌最強大的勇士，所以他不服氣。」曹操指著許褚說道。

許褚向前挪了幾步，環抱著臂膀。

「好，我接受挑戰！」那良毫不猶豫地道。

馬超也並不制止，他深知許褚的武力，又氣剛才那良讓自己出醜，索性就坐在一邊旁觀。

於是，那良起身走到篝火邊，做起了戰前的熱身運動，對許褚道：「你趕快活動活動筋骨吧，也許這是你的最後一戰，一旦你輸了，我會將你的手筋腳筋全部挑斷，讓你知道，本大王不是那麼輕易可以挑戰的。」

許褚道：「你要是輸了呢？」

那良哈哈笑道：「你要是能打敗我，那我就把『西羌第一勇士』的稱號送給你。」

「一言為定。」

當下，兩個人便拉開了架勢，沒有兵器，全部赤手空拳上陣。

兩人互相行禮後，隨即便展開了戰鬥。

那良一個箭步朝許褚衝了過去，緊握著雙拳，朝許褚揮了出去。許褚站在那裡一動不動，見那良快速奔來，出拳的力道非常剛猛，嘴角露出笑容，等到那良的拳頭快要擊中自己時，他忽然一個轉身，避過了那良的攻擊。

與此同時，許褚突然出手，直接抓住那良的肩膀，如同鐵鉗一般的手指將那良牢牢地抓住，任由那良如何掙扎都掙脫不開。

他猛然用力，抓起那良在空中舞動了幾圈，然後順勢將他扔了出去。

「轟！」

那良重重地摔在地上，發出了極大的聲響，羌人們都目瞪口呆，萬萬沒想到許褚竟然一招便將那良給甩了出去。

「真沒想到那廝力氣如此的大，看來我低估了他的實力。」那良從地上爬了起來，雖然尚未比出最後輸贏，但是已經輸了氣勢。

他走到許褚面前，學著漢人的樣子拱手道：「佩服佩服，沒想到壯士竟然有如此身手。只是不知道壯士和天將軍比起來，誰的武藝更高？」

許褚瞥了馬超一眼，自豪道：「自然是我了。」

馬超一直冷眼旁觀，見許褚如此狂妄，立刻將酒杯給摔在地上，一把抓住許褚的胸襟，大聲喝道：「你憑什麼說你能打得過我？」

「你放屁！」

「就憑我的這雙拳頭。如果不信，咱們可以來比試比試。」

「比就比！」馬超毫不猶豫地道。

馬超血氣方剛，加上又喝了酒，腦門一熱，什麼都不顧了。大步流星地走到篝火邊，擺開架勢，朝許褚喊道：「死胖子！你放膽過來，看我不把你打得滿地找牙！」

許褚冷笑一聲，虎軀一震，當即脫去上衣，露出了一身結實的肌肉，朝馬超喊道：「你看清楚！我這可是一身肌肉，哪裡有一點胖了？」

論起塊頭，許褚確實能頂三個馬超，那腰圍、胳膊、身板，往那裡一站，絕對是重量級的。不過，馬超藝高人膽大，雖然知道許褚很難對付，但是為了保全自己的名聲，他一定要竭盡全力擊倒對方。

熊熊篝火照耀四方，黑色的夜空下，兩人對峙而站，羌人的部落裡，很久沒有這種挑戰賽了，旁邊的羌人都前來圍觀。

許多羌人的眼神中都帶著譏諷，認為許褚身材雖壯，但未必能夠取勝，馬超的能力他們親眼見過，一招擊敗西羌王那良，要知道，那良可是西羌最強勁的勇士。

不過，也有其他的羌人剛才親眼看到了許褚和那良的戰鬥，兩人實力明顯存在著很大的差距，於是，有一部分人開始起鬨，為許褚加油。

馬超神威天將軍的名望不是蓋的，替馬超加油的聲音響徹天地。

打鬥在羌人的部落中習以為常，可是這種顛峰的對決卻很少見，羌人的起鬨，帶動了更多的人前來圍觀，只片刻功夫，大帳附近聚集了成百上千的人，有的為了能夠看一眼裡面的動靜，不惜站在馬背上，或者乾脆坐在穹廬上面，人山人海的。

曹操見氣氛被帶動起來，站到西羌王的身邊，朝人群中的馬超和許褚喊道：

「點到即止，仲康莫要傷了太子殿下！」

「曹阿瞞！你給我閉嘴！」馬超怒不可遏地說著，一雙冷眼緊緊地盯著許褚。

許褚也在緊緊地盯著馬超，突然暴喝一聲，聲音如雷，震驚四野，猶如野獸咆哮，同時雙腿用力向前一蹬，整個人便竄了出去，朝馬超勢不可擋的奔去。

馬超雖然有些醉意，但是頭腦還清醒著，見許褚衝了過來，他抖擻了下精神，舉起拳頭便朝許褚迎了上去。

這一次交戰，兩個人均赤手空拳，與在馬上用兵器生死相鬥不同，如果說在馬上對戰是驚天地，那在他們兩個人此番戰鬥就是泣鬼神了。

兩個人一經衝向對方，立刻展開了渾身解數，拳腳相加，你來我往。

不過，馬超的身法極高，每每許褚的拳頭砸向他時，他都是能輕易的避開，兵器周遊在許褚身邊，伺機而動。

許褚塊頭大，行動卻沒有那麼遲緩，每次稍微露出的破綻，還不等馬超攻到，就立刻用拳頭給彌補了。對許褚來說，只有進攻，才是最好的防禦方式，他要打得馬超無處躲閃。

拳風四起，虎虎生風。許褚如同缽盂般大小的拳頭快速地攻向馬超，每一拳都包含著極大的力道，只要讓他打中一拳，馬超估計會很難撐過去。

馬超也知道這一點，論力氣，他比不過正值壯年的許褚，所以只能依靠敏捷的身手不斷地躲閃，並且伺機而動。

饒是如此，在旁邊圍觀的羌人心裡卻產生了極大的落差，在他們心中勇猛異常的神威天將軍，竟然被人逼到如此田地，這是前所未有的事情。

西羌王那良更是緊皺眉頭，看著馬超和許褚的打鬥，不禁為馬超捏了把汗。

一連過去十招，十招當中都是許褚占領主攻權，馬超跳來跳去的始終無法還手，看得在場的羌人不禁開始叫罵起來。

場中正在戰鬥的馬超聽到這番叫罵聲，心裡憤恨不已，可面對許褚的壓迫，他無法分心，只能走一步算一步，漸漸地拖累許褚。

曹操看在眼裡，心裡暗道：「仲康，堅持住啊，照這種情形下去，你根本不用打敗他，只需要拖久一點即可，羌人已經對馬超露出不服氣的表示了，你可一定要堅持住啊……」

馬超和許褚的戰鬥並沒有想像中的那麼精彩，一個人不斷的攻擊，另外一個人不斷的躲閃，除了開始第一招，兩個人拳來腳往了一次對抗後，後面的根本沒有一點意思。

馬超似乎快頂不住那種巨大的壓力了，他是神威天將軍，怎麼可以在羌人面前表現的如此狼狽。

他大叫一聲，身子朝後縱出好遠，滑行出幾米，然後握緊拳頭，振作精神，立刻展開猛烈的反攻。即使許褚沒有絲毫破綻，他也要進行反攻，攻擊到許褚有破綻為止！

於是，一套快速的組合拳在馬超的施展下朝許褚攻去，馬超壓抑了許久的宇宙終於爆發了。此時，篝火邊人影綽綽，**馬超和許褚的戰鬥正式進入了精彩的局面。**

許褚本來是占上風的，突然發現馬超像是不要命的猛攻猛打起來，像極了一條發瘋的狗，他冷笑一聲，心想終於將馬超給逼急了。

只不過，他沒有像馬超那樣躲閃，而是依然矗立在那裡，舉起胳膊、抬起腿，認真的抵擋著馬超的每一拳一腳。

「砰！砰！砰！砰……」

一連串聲音響了起來，這是兩個人正式交手，拳打腳踢後留下來的聲音，他們在用自己的身體和對方硬碰硬。

許褚的這番表現，在馬超看來很傻，因為許褚之前用力過度，現在幾乎抵擋不住他的快攻，十拳裡面總是會有兩三拳著實的落在許褚的身上。

可是，在其他羌人的眼裡，許褚更像個真正的男子漢，不知不覺中，羌人的目光都被許褚吸引了，身上每中馬超一拳，羌人的心裡彷彿感同身受一樣。

又是十招過後，兩人尚未分出勝負。

這時，一個滿臉是血，身上衣服被撕裂得破爛不堪的人，一瘸一拐的闖進人群，朝西羌王那良奔了過去，撲通一聲倒在地上，道：「大王，我們的馬匹……被人搶走了……」

那良聽後，頓時惱火地說道：「誰敢搶本王的馬匹？」

「好像是……是先零羌的人……」

「娘希匹的！先零羌的人欺人太甚！」那良暴喝一聲，立刻轉身對身後的幾個渠帥說道：「傳令下去，立刻糾結所有騎兵，天一亮，就隨我出發，東征先零羌！」

曹操聽後，覺得這事有些蹊蹺，剛好看見曹仁從人群中一晃而過，他立刻明白是怎麼回事了，急忙說道：「大王，我看事情另有蹊蹺，先零羌怎麼會不遠百里來到大王的屬地偷取馬匹呢？這不是搬起石頭砸自己的腳嗎？」

那良聽了，皺眉道：「你這話是什麼意思？」

「我的意思是，未必是先零羌的人偷馬匹的，或許有人栽贓也說不定。燒當羌和先零羌是世仇，彼此征伐不斷，而且據我所知，燒當羌和先零羌在西羌部落中也是輪流稱王，一定有什麼不法之徒借著這次事端想挑起兩部落的征戰，大王應該查明原因才是。」

那良覺得曹操說得很有道理，先零羌早已被他打趴下了，怎麼可能會有那個膽子，他再次問向那個跑來告密的羌兵道：「你可是親眼所見？」

「大王，是我親眼所見，確實是先零羌的人……」

「那些哨兵都幹什麼吃的，先零羌的人來了都不知道？」那良怒道。

「大王，或許……人來自內部呢？」曹操插話道。

「何出此言？」那良狐疑地看了曹操一眼。

「大王，借一步說話。」曹操謹慎地道。

那良和曹操走到一個沒人的地方，道：「有話快說！」

曹操笑道：「大王以為天將軍為人如何？」

「你問這個幹什麼？」

「我知道大王曾經資助十餘萬羌人給太子殿下，助他平定中原，可是太子殿下卻在中原慘敗，致使回來的羌人才十之一二，難道大王就不曾懷疑過嗎？」

「懷疑……懷疑什麼？」

「我是亡國之君，無路可去，只好暫時歸附在秦國，對馬氏也沒啥好感。我之所以提醒大王，是不想大王被蒙在鼓裡。」

那良聽曹操越說越神秘，便道：「你是不是知道些什麼？」

「大王可知太子殿下這次趕赴西羌的真實用意嗎？」

「不是帶來禮物慰勞那些死者的家屬嗎？」

「此其一，然而卻是不重要的。馬超此行的真正目的是想顛覆西羌……」

「顛覆……顛覆西羌？他真有此等想法？」

「馬超是你們羌人心目中的神威天將軍，威名甚至蓋過你西羌王，**如果他聯合其餘部落一舉將你推翻，你又怎麼可能是他的對手？**燒當羌這次損失慘重，據我所知，那十餘萬羌人裡面，有十萬都是燒當羌的騎兵，如今燒當羌少了這十萬騎兵，威名自然不如以前，然而其他部落的實力猶在，尤其是先零羌，根本沒有受到什麼創傷。馬超如果想做西羌王，必然要除去大王，所以，這個時候出現先零羌人搶奪馬匹的事也見怪不怪……」

「馬超安敢如此？」那良怒不可遏地說道。

「噓……」

曹擦急忙伸出一根手指，放在嘴脣邊，同時看了一下四周，見羌人正在圍繞著許褚和馬超的戰鬥看著津津有味，才又小聲說道：「大王，切莫大聲，萬一被太子殿下知道了，我的小命可就不保了。」

那良哼聲道：「怕什麼？我敬他馬超是條漢子，他要是敢背地裡捅我刀子，我這就讓他血濺當場。」

「縱然馬超被大王殺死了又如何？那馬騰若是知道馬超被大王殺了，豈肯善罷甘休？何況，其他羌族部落對大王也並非甘心聽令吧？大王要是因為一念之差殺了馬超，不僅得不到什麼好處，反而會給燒當羌引來滅頂之災。先零羌可是一直在盼望著燒當羌能夠完蛋呢，大王不會愚蠢到這種地步吧？」曹操鼓著三寸不爛之舌說道。

那良想了想，反問道：「那你說該咋辦？就這樣任憑馬超來殺我？」

「大王，只要你肯聽我的意見，我就能讓燒當羌一如既往的受到馬超的信任，等時機成熟了，**我們來個裡應外合，直接殺進長安**，到那時候，大王對馬超要殺要剮，那就悉聽尊便了。」

那良不信地道：「你說的可都是真的？真的能夠攻進長安？」

曹操游說道：「只是時間問題，快則一年，短則兩年，必然能夠拿下長安，將馬氏一族盡皆屠戮，到時候，我奉大王為天下之主，他馬騰能當得了皇帝，為什麼大王當不了？」

那良被曹操的這番話說動了，皇帝啊，這可是羌人一直都不敢想像的。他想了想，質疑道：「你會那麼好，讓我當皇帝？」

「西北風沙大，氣候乾燥，不適合我居住，我是魏國的亡國之君，如果我能幫助大王當上皇帝，大王就以全力助我復國，我僅此一個要求，如果大王不答應，咱們今天就當什麼都沒有談，以後各走各的路。」

那良見曹操果然有所求，便道：「好，你很直爽，這個朋友我交定了。」

「不……是兄弟！**我願意和大王歃血為盟，結為異姓兄弟，此生此世，絕不背叛。**」

那良見曹操很豪爽，當下說道：「好，我們就結為異姓兄弟，從此以後福禍共當。」

於是，兩人草草地結拜，完事之後，才一前一後的回到篝火邊，而許褚和馬超仍在激戰，圍觀的人都雀躍地歡呼起來。

曹操見事情已經成了，便喚道：「點到即止，點到即止，太子殿下，仲康，都罷手吧，切莫傷了對方。」

許褚聽後，立刻收手，跳開戰圈。

馬超早已累得氣喘吁吁了，見曹操給了個臺階下，便順勢對許褚說道：「哼！算你跑得快！」

兩邊罷手後，圍觀的人只覺得很掃興，於是盡皆散去。但是，此戰雖然勝負未分，許褚虎癡之名已然在羌人當中傳開，算是打響了許褚的名聲。

那良見馬超退了下來，佯裝關心地道：「天將軍，夜已深，天將軍還是早些歇息為好。」

馬超現在沒有了酒興，和許褚也鬥不下去了，畢竟體力透支的厲害，便由親隨王雙帶著離開了。

曹操、許褚也和那良告別，各歸各營。

「太子殿下，以後要多提防著點曹操才是。」王雙扶著馬超進入大帳後，忍不住提醒道。

馬超狐疑道：「曹操怎麼了？」

王雙道：「剛才臣看見曹操和那良一起去了隱秘處，好像商量什麼事情來著，屬下怕引起他們的懷疑，所以沒有靠近，遠遠看去，見他們有說有笑的，十分的愉快。臣想起索緒之前的話來，覺得對曹操確實不應該有絲毫放鬆。」

馬超冷笑一聲，道：「派人嚴密監視曹操一干人等，如果再和那良有所接觸，立刻來稟告我。」

「諾！」

第九章

蘭蘭公主

先零羌渠帥烏孟虎從馬背上跳了下來，身材巨大、體格健壯的他徑直走到被擄劫來的蘭蘭身邊，見蘭蘭穿著性感，纏著面紗，仔細地打量了一番後，伸手撕開蘭蘭纏在臉上的面紗，登時被蘭蘭的容貌驚訝的合不攏嘴。

曹操回到營帳，心情一片大好，看到曹仁、曹洪、夏侯惇、夏侯淵、曹休、曹真都在那裡，楊修也在，便問道：「剛才假扮先零羌的人可是你們嗎？」

曹仁點點頭道：「正是，是河南侯的計策。」

曹操扭頭看了眼楊修，拱手道：「侯爺智謀過人，實在佩服，要不是侯爺想出此法，只怕我今天就要偷雞不成蝕把米了。」

楊修回禮道：「魏侯太過客氣了，如今我們都是一條船上的人，有著共同的目的，但是我深知馬超根基乃羌人，如果能夠離間羌人和馬超之間的關係，就等於成功了一半。魏侯也是雄才大略之人，看到我讓諸位將軍做出如此的事情，必然能夠想通其中一二。」

曹操點點頭道：「確實高明，我已經取得了那良的信任，明天將會出發去別的部落，不知道侯爺是否隨行？」

楊修搖搖頭道：「我若隨行，不久必然會被馬超發現，不妥。魏侯可緊隨馬超身邊，見機行事，我去參狼羌和白馬羌一趟，步你們後塵，一一說服各個羌王，然後靜待良機，伺機而動。」

「侯爺隻身一人，羌人有好勇鬥狠，只怕會有危險，不如……」

「不用了，魏侯的人，馬超都記得一清二楚，少一個必然會引起疑心。羌人雖然好勇鬥狠，但是更加的貪財，只要我曉以利害，必然能夠成功勸服。只是，我擔心涼州東部的先零羌會慢慢坐大，此次燒當羌已經元氣大傷，先零羌必然會回來對付燒當羌，到時候，羌人內亂，必然會有損我們的計畫，此事還請魏侯多上心。另外，在燒當羌西部，還有一支鍾羌部族，這支羌人算是西羌當中最穩定的，但是其實力卻不容忽視，如果能夠借助鍾羌的兵力，再加上燒當羌、參狼羌、白馬羌等，顛覆秦國指日可待。」

西羌，出自三苗，是姜族的別支，三代以後居於河西、賜支河和湟河之間。戰國時，羌族興盛。

西元前二〇六年，西漢王朝建立。這時進入中原的羌人已基本上融合於漢族之中，未進入中原的羌人除部分生活在隴西以外，大都散布於長城以西，特別是河湟地帶。

西羌部落繁多，大多以動物之名為號，如白馬、犛牛、參狼、黃羝、黃羊等，可能是一種圖騰崇拜的遺跡。

有一些以地名為號，如勒姐、卑。這部分人可能已進入地緣性聯盟。而較強大的先零、燒當羌則以父號為名，表現了父系氏族的父子聯名制。

大致說來，西北諸羌，部族繁多，各部中自有酋長，數相攻殺掠奪，戰禍頻頻不斷。

諸羌之中，最初以先零羌最強大，居住在大榆谷（今青海貴德縣、尖扎縣之間），水草豐美，自然條件很優越。對外向漢朝邊境用兵，對內併吞弱小，曾一度以武力蓋壓諸羌，也是第一個稱羌王的部族。

而後，諸羌因受盡先零羌的壓迫，以燒當羌為首，數十部聯合起來，一起攻擊先零羌，並且成功取得勝利，於是先零羌向東遠遁，居住於北地、安定一帶，這之後，先零羌的實力逐漸被削弱。

燒當羌本來居住在大元谷（今青海貴德西），人少勢弱，在群羌聯合擊敗先零羌後，又與卑湳羌發生衝突，遂征討之，殺其酋長，盡收其民，然後遷居到大榆後，日趨強大起來。

此外鍾羌也很強大，號稱有兵力十萬，只是很少參與鬥爭，算是羌族中的永久中立者，正是因為這種策略的行使，在一定程度上壯大了鍾羌，收留從戰亂中歸來的其他部落的族人，漸漸地成為西羌當中又一支實力較為強橫的羌人。

至於其他羌部，大者萬餘人，小者數千人，一時都很活躍。但是先零羌、燒當羌卻成為了世仇，經常隔個十年八年就會兵戈再起。

曹操曾經前來平定過西涼的羌胡叛亂，深知羌人一旦聚集起來，那種形勢是十分駭人的。不過，羌人當中沒有指揮得當的軍事人才，若是能有一個精通兵法的人指揮這些羌人，羌人的騎兵絕對是這個時代最凶猛的。

他知道楊修要走，便問道：「侯爺什麼時候走？」

「現在便走，若等到天明，反而容易被人認出來。魏侯，西羌是一把雙刃劍，用好了，則可替魏侯斬荊披棘，掃清前面的障礙；如果用不好，反而會割傷其手，請魏侯慎之！」楊修提醒道。

「請侯爺放心，我自有分寸。我還有一事請教，不知道馬超在鍾羌當中聲望如何？」

「不如鍾羌以東六部羌人的聲望強盛，鍾羌是所有羌人中的異類，好鬥，卻不好戰，如果要去請鍾羌之人，魏侯還需要著實費上一番功夫才行。」

「嗯，我會的。侯爺，那就告辭了，等回到長安後，再找個時間秘密見上一面，還有司空陳群之事……」

「包在我身上。魏侯，我就此告辭，咱們長安見。」

曹操親眼目送楊修離開，當楊修離開之後，他已經有了成熟的打算，**準備利用這次機會，借助西羌的力量完成他反客為主的策略，並且要在西北的大地上東山再起！**

當夜，馬超、曹操等人都在燒當羌部落內休息，睡到大半夜後，忽然喊殺聲四起，部落邊緣地帶也著起了大火。

曹操登時驚醒，提劍出了大帳，正好撞上許褚，急忙問道：「出什麼事了？」

許褚道：「不知道何處兵馬來襲！」

這邊話音剛落，那邊曹仁跑了過來，急忙喊道：「主人，是先零羌……」

這個時候，夏侯惇、夏侯淵、曹洪、曹休、曹真都彙聚了過來，護衛在曹操的大帳左右，但見半個燒當羌的部落都已經燒著了，燒當羌的羌人正在奮力迎敵。

「先零羌居然突襲燒當羌，這事情確實是始料未及，絕對不能坐視燒當羌不顧，需要予以反擊。」曹操道。

曹仁道：「主人，先零羌人多勢眾，又是突然襲擊，我們只這幾個人，何以抵擋？不如靜觀其變，反正羌人的死活與我們無關，何必要浪費精力呢？」

曹操搖頭道：「非也！現在我和那良是同一條船上的，燒當羌有助於我們復國，必須幫襯。不過……先零羌確實人多勢眾，你等隨我來，在那良面前做個樣子即可。」

話音一落，眾人跟隨曹操，便朝那良所在的位置而去。

此時，那良的羌王大帳周圍聚集了成百上千的騎兵，那良也親自披掛，掄著馬刀，迎擊突襲部落的先零羌。

先零羌來勢凶猛，數百騎已經突入了中軍，朝著那良的王帳而去，燒當羌的騎兵昨夜因為喝酒的緣故，以至於還有點酩酊大醉，這種狀態下迎擊，無疑是前去送死。

很快，先零羌的騎兵便衝到了那良的面前，那良率眾與其激戰，雖然人多，卻抵擋不住，很快周圍死傷一片。

眼看那良被圍，不想一匹白馬從天而降，馬背上一人銀盔銀甲，白馬銀槍，長槍橫掃，先零羌的騎兵盡皆落馬，死傷一片，正是馬超。

而馬超身後，王雙也提一口大刀殺了出來，帶領二百餘騎兵衝殺過來，隨同馬超一起將先零羌的騎兵攔腰斬斷。

先零羌的一個渠帥見了馬超，登時心驚膽寒，沒想到馬超也在這裡，立刻下令撤退。其餘被包圍的先零羌騎兵，盡皆被馬超、王雙等人屠戮。

等曹操帶著人趕到那良的王帳時，馬超已經解決了危機，而且先零羌因為畏懼馬超的威名，不戰而退，留下一地的狼藉，這場騷亂遂平。

馬超見曹操率眾趕來，便橫槍立馬，冷笑道：「曹孟德！何來太遲也？」曹操一臉的羞愧，本來是想來救那良的，沒想到卻晚了一步。

他當即翻身下馬，朝著馬超行禮道：「有太子殿下在，這些蟊賊，何足為慮？臣不過是過來湊個熱鬧而已！」

馬超冷哼一聲，轉身對那良道：「先零羌突然襲擊這裡，膽子不小，你部受創，需要調整些日子，待明年開春，我會親自率領勁旅攻擊先零羌，為你報這一箭之仇！」

那良此時左臂中箭，鮮血直流，看到一半部落被毀，火勢雖然被控制住，內心之恨卻尤為加深。他點點頭說道：「那就仰仗太子殿下了！」

「報——」

一個羌人飛快地策馬而來，到了那良身邊，喊道：「大王，不好了，蘭蘭公主被先零羌的人擄走了……」

「你說什麼？」那良氣憤非常，當即喊道：「追！派人追擊，務必要將蘭蘭給我搶回來！」

馬超聽後，便對身後的王雙道：「你率領一百騎兵，火速追擊先零羌，務必將蘭蘭公主帶回來！」

王雙道：「臣遵旨！」

於是，王雙帶領一百騎兵調轉馬頭走了。

曹操道：「太子殿下，臣願意一起去追擊！」

「不用了，有王雙一人即可，先零羌不過是趁火打劫，不足為慮。等天亮了，你還要和我一起去其他部族！」馬超道。

曹操無奈，只好不再吭聲，看到那良受傷，燒當羌受創，心中暗暗想道：「看來，燒當羌的實力果然不如從前了，必須找個機會去一趟鍾羌才對，若得鍾羌十萬兵，必然能夠借勢威嚇其餘羌人……」

天亮之後，曹操等人跟隨馬超辭別燒當羌，繼續去其他的羌族部落，一一拜會各族羌王。

與此同時，先零羌的騎兵擄劫了燒當羌那良的妹妹蘭蘭之後，一路長途奔襲，向自己的部落奔馳而去，平明時候，眾人暫時停下歇息一番。

先零羌渠帥烏孟虎從馬背上跳了下來，身材巨大、體格健壯的他徑直走到被擄劫來的蘭蘭身邊，見蘭蘭穿著性感，纏著面紗，仔細地打量了一番後，伸手撕開蘭蘭纏在臉上的面紗，登時被蘭蘭的容貌驚訝得合不攏嘴。

良久後，烏孟虎嘖嘖地說道：「怪不得大王非要把你給搶過來，原來你長得如此的美麗！」

蘭蘭不卑不亢，不吵也不鬧，問道：「你們襲擊燒當羌，就是為了搶我？」

烏孟虎點點頭道：「我家大王對你垂涎已久，一直念及燒當羌強大，不敢下手。這次聽說燒當羌十萬兵盡皆命喪中原，實力不如以前了，這才蓄謀已久，派我前來將你搶走。不過，如果打得順手的話，幹掉那良也是個不錯的選擇。只不過可惜了，神威天將軍當時也在，如果不是他在的話，我早就一刀將那良砍翻了。」

「那良是西羌王，西羌第一勇士，你有這本領嗎？」蘭蘭問道。

烏孟虎呵呵笑道：「狗屁的西羌第一勇士！也只能去欺負欺負參狼羌、白馬羌等，以他那點三腳貓的功夫，若是來到我們先零羌，給我洗腳都不要！」

他說得雖然誇張了點，但卻是事實，燒當羌、先零羌是世仇，彼此征戰不休，互不承認對方的存在，那良稱西羌王，先零羌的羌王也自稱西羌王，所以先零羌的人視燒當羌的人如同草芥。

不過，也不得不承認，這烏孟虎確實夠勇猛的，昨夜突襲燒當羌後，順利的擄劫了蘭蘭，順帶著攻擊了一下那良的王帳。就是他帶領數百騎兵突襲到了燒當羌的王帳，並且在看見馬超逃跑後，回身一箭射中了那良的左臂。

蘭蘭沒有作聲，她輾轉婚嫁了十七次，再多嫁一次也無所謂，反正她是個剋夫的命。雖然羌人並不相信中原道士算命的這一套，但事實證明，凡是與蘭蘭成婚的西羌男子，均在新婚之夜因為各種意外，命喪在蘭蘭的裙擺之下。

西羌的巫醫曾經為蘭蘭看過，可是也沒有發現什麼異常，後來這件奇怪的事情就傳遍了整個西羌。

先零羌的大王烏吉利聽聞後，親自扮作商人，混到燒當羌去看蘭蘭，一看之下，立刻被蘭蘭的美貌所迷住，回去之後暗暗地下定決心，此生非蘭蘭不娶，所以才有了這齣烏孟虎不遠數百里奔襲燒當羌，卻只是為了搶一個女人的荒唐事。

烏孟虎剛休息不到一會兒，後面的探馬便過來稟告，說追兵來了，於是烏孟虎翻身上馬，帶著部下繼續向東奔馳而去。

先零羌的人馬在前面跑著，王雙帶著一百秦軍騎兵和五百多騎燒當羌的部眾在後面狂追，連續追逐了一個白天，直接追到了北地郡內。

先零羌由於秦軍支持燒當羌，是以和秦軍互有芥蒂，所以受到秦軍的排斥，秦軍曾經試著攻打過先零羌，但是先零羌很警覺，和秦軍玩躲貓貓，你來我走，你走我再去，一直活動在北地、安定、武威三郡之間。

後來秦軍一直把視線放在漢中和關東，忽略了先零羌，先零羌的大王烏吉利便率部攻占了北地郡的廉縣，永久性地駐紮在靈武谷。

靈武谷和華夏國的朔方郡交界，也是秦軍的邊緣地帶，所以先零羌處在這個兩不管的地帶，逐漸恢復了往日的生機，短短兩年功夫，先零羌和鮮卑人脣齒相依，在這裡站穩了腳跟。

烏孟虎帶著蘭蘭和八百騎兵一路退到了北地境內，可是王雙等人依然窮追不捨，他怕洩露了先零羌的居住地，便分出一百騎護送蘭蘭先回，他自己則改變方向，帶領士兵鑽進了賀蘭山。

王雙等人因為受命在身，也一起追至賀蘭山，依然對烏孟虎窮追不捨。

負責帶領蘭蘭回靈武谷的那一百騎兵，離靈武谷也越來越近，心想追兵也被引走了，又累又睏的他們便找了個地方休息一夜。

哪知道睡到半夜的時候，突然遭到襲擊，一員大將手提大刀連斬十數人，一馬當先，勇不可擋，正是華夏國衛將軍、朔方知府龐德。

龐德本來駐守朔方，聽聞邊境老是有不明騎兵出沒，以為是鮮卑人，便率領十餘騎遠離朔方府，深入北地打探，沒想到竟然遇到了這撥騎兵，遂突然襲擊。

朔方府駐軍都是昔日張遼所帶狼騎兵，各個驍勇善戰，雖然只有十餘名，去也奮勇殺敵，殺得又累又困的先零羌騎兵紛紛四處逃竄。

龐德正追逐間，見一名騎兵帶著一名女子，於是追了上去，一刀將那名先零羌的騎兵給劈成兩半，見其餘騎兵紛紛逃走，便不再追逐。

他策馬來到那名女子的面前，看了眼騎在馬背上的蘭蘭，問道：「你是何人？抓你的又是些什麼人？」

「我叫那蘭，是一個不祥的女人。」蘭蘭操著一口西北方言說道。

龐德聽到這句話，眼裡冒出一絲異彩，急忙用西北方言問道：「不祥？何等的不祥？」

「中原的道士說我是剋夫的命，我已經連續剋死許多任丈夫，所以，我是一個不祥之人……」蘭蘭回道。

「抓你的又是些什麼人？」

「是先零羌的人，說要抓我獻給先零羌的大王。」

龐德也是涼州人，自幼生活在涼州，對那裡的情況非常的瞭解，打量了一下那蘭後，當即問道：「你不像羌人，也不像漢人，是西域來的？」

「我是羌人，是燒當羌的，只是母親是西域人而已。」

龐德不再問了，環視一周，道：「此地不宜久留，我只率領這十餘騎，是出其不意才獲勝的罷了。我給你一匹馬，你走吧。」

「我孤零一人，又手無縛雞之力，若是再遇到那些先零羌的人，又該如何是好？」蘭蘭楚楚可憐地說道。

那蘭身上流著的血雖然有一半是羌人的，但是身體素質一點都不像個羌人，除了會騎馬以外，開不了弓，射不了箭，顯得很是柔弱。

龐德頓時起了憐香惜玉之心，想了想道：「那你可願意跟我一起回去？」

「我的命是你救的，你就是我的恩公，你說什麼，我就做什麼。」

龐德道：「那好吧，你跟我一起回去吧。」

話音落下，龐德等人簇擁著那蘭迅速離開此地，原路返回。

第二天傍晚，龐德一行人終於抵達了朔方府。

臨戎城的城牆上，旌旗林立，華夏二字迎風飄展，朔風怒號，秋風如刀，吹得那蘭的身上一陣冰冷。若非龐德脫下自己的外衣給穿著單薄的那蘭披上，只怕那蘭早已經堅持不住了。

臨戎城上，守城的狼騎兵遠遠地望見龐德一行人回來，便打開了城門，放龐德等人進城。

朔方原本是郡，自從高飛稱帝後，便將境內所有的郡改成了府，太守改成了知府，算是正二品的官。但是朔方是華夏國的邊塞，又是苦寒之地，所以跟其他地方有所不同。別的地方都是軍政分離，但是在朔方，龐德一個人挑起了軍政的大權，只因朔方人口稀少，地處塞外，與沙漠接壤，苦寒之極，城中除了駐軍以外，連一個百姓都找不到。

進城後，龐德帶著那蘭來到知府衙門，將那蘭安排在衙門裡面，並且吩咐士兵給那蘭整頓好房間。

一切都準備妥當之後，龐德拖著疲勞的身子，回到自己的住房。

剛一推開門，便見一個女人直接朝龐德撲了過來，一把抱住龐德，嗲聲嗲氣地道：「夫君，你怎麼才回來啊，人家可想死你了……」

龐德呵呵地笑了起來，一把將那女人給橫抱起來，然後朝床邊走去，將女人放在床上，啵了一下。

「讓夫人受苦了，這裡地處塞外，苦寒之極，不比薊城。但是我身為衛將軍，國中大將，守備邊疆也是應該的。這些日子你住的可還習慣嗎？」

女人是龐德的妻子，是一個烏丸人。高飛曾經三次下令胡漢通婚，而龐德和他的妻子就是胡漢通婚的產物。

那時，高飛剛剛平定了丘力居的烏桓叛亂，並且成功說服難樓等人遷徙到遼西，在穩定烏桓人的基礎上，第一次發布胡漢通婚令，龐德自告奮勇，身先士卒，跑到烏桓的居住地挑選了他現在的老婆。

當時很多人並不看好這樁婚事，但是事實證明，龐德的婚姻生活很美滿，結婚剛一年，便生了一個兒子，兩個人的性格也極為相似，因為龐德的老婆也是能征善戰的烏桓族的女中豪傑。

「有什麼習不習慣的，你們漢人說嫁雞隨雞，嫁狗隨狗，我既然嫁給了你，自然就要跟你在一起，再說，我們烏丸人都是天當被，地當床的，一個穹廬走天下，早已經習慣了塞外的生活。說實話，在薊城我還真不習慣，現在來到朔方，漸漸地找回了以前的感覺。對了，夫君，你怎麼去了那麼久？」

「有點小事給耽誤了。夫人，我這次從北地帶回來一個女人……」

「你……你要納妾？」龐夫人緊張地問道。

「你想到哪裡去了，我龐德說過，這一生只要你一個。我帶來的那個女人，是西羌的美女，姿色可以稱得上是傾國傾城，陛下的蟬貴妃你見過吧？」

「嗯，見過。」

「這個女子絕對不亞於蟬貴妃，陛下之前喪了一個配偶，皇后娘娘和貴妃娘娘又都各自哺育兩個小王爺，如今不打仗了，陛下也應該多娶幾個貴妃充實後宮，所以，我想將這名西羌美女獻給陛下。」

龐夫人聽完，狐疑地道：「夫君，你怎麼會突然想到這個問題？」

「現在文武大臣都在替陛下著急，雖然嘴上沒有說，但是他們心裡都清楚，陛下早晚會再納妃的，誰要是攀上陛下這門姻親，誰就會飛黃騰達了。我龐德自從跟隨陛下以來，從未有過二心，也承蒙陛下看得起我，讓我做了衛將軍，我只有一個失散的哥哥，卻沒有妹妹，這次偶然得到這樣的一名美女，若不獻給陛下，我龐德的心裡也過意不去。」

龐夫人聞言道：「夫君對陛下忠心耿耿，若是獻了這名美女，以後陛下肯定會對夫君另眼相看的。」

「陛下一直對我很好，如果不是當初在北宮伯玉的賊窩裡和陛下相遇，我現在應該還在西涼放馬呢。當然，還有太尉大人，因為是太尉大人的一番話，才讓我選對了明主。」

「那你打算什麼時候送給陛下？」

「不急，我另有打算。如今陛下已經趕赴洛陽，正在籌備人才選拔的事，這個時候不應該讓陛下分心。我先給太尉大人寫一封信，讓太尉大人將此女推薦給陛下……」

話音一落，龐德當即開始給賈詡寫信，寫完便差人送了出去。

第二天，龐德便委派親隨，將那蘭送往薊城賈詡的太尉府。

華夏國，洛陽。

高飛御駕蒞臨洛陽，但是卻沒有想像中的那麼壯觀的出場場面，而是單獨騎著一匹馬，身後帶著親隨，便來到正在重新修建的洛陽城周圍。

早在高飛宣布稱帝的時候，就委派士孫瑞召集民夫，重修洛陽城。高飛更是撥了一項鉅款給士孫瑞，讓士孫瑞務必要修建的比薊城更大，更有都市的氣息。

城建圖是高飛親手繪製的，第一次在城池的下方運用了排水系統，在洛陽廢墟的西北二十里處開始修建，一邊挖掘地下排水系統，一邊用水泥塗抹好挖掘而成的甬道，保證以後就算下大雨，也不會出現水淹七軍的局面。

高飛視察了一下洛陽的建設情況，僅在此停留了一天，便朝這次文武才俊選拔的地方河南城奔馳而去。

河南城內，人山人海，各地文武才學之士多不勝數，而且絡繹不絕，源源不斷的向河南城中湧來，河南城也就自然的成了這些文武才子的臨時休息站。其中，不乏有一些從華夏國外來報名參加的。

因為之前高飛稱帝、選拔文武官員的消息早已傳遍大江南北，再加上時間充裕，所選的地點又是在天下之中的洛陽，所以各色各樣的人都彙聚在這裡，靜候選拔的那一天。

華夏軍駐紮在河南城外，負責這次選拔大賽的武官主考官，趙雲早已經在這裡搭建好皇帝的行轅，也搭建起擂臺，讓人統計一下報名情況後，才敢向上彙報。

高飛抵達行轅時，已經是傍晚了，由華夏國虎威大將軍趙雲親自率部迎接，將高飛迎接至行轅內。

「臣等參見吾皇萬歲萬歲萬萬歲！」趙雲以下，所有行轅內的大小軍官全部跪地叩首道。

高飛端坐在行轅的龍椅上，不慌不忙地說道：「都平身吧。」

於是，眾人站了起來，紛紛在高飛的示意下落座。

「諸位將軍，你們都辛苦了，這些日子以來，為了選拔的事情而操心，我的心裡真是過意不去。我已經讓人帶來了十幾車美酒，不日即可抵達，到時候你們就可以痛快的開飲了。子龍，截至到目前，一共有多少人報名？」

「一共有一千三百六十二人。」

「年齡最大者幾何？最小者又是有多大？」高飛問道。

「年齡最大者已經五十八歲了，而最小的才十歲。陛下的求賢令一經發布，立刻便引來了所有人的關注，加上這次懸賞極高，而陛下又唯才是舉，所以報名的年齡差距很大。」趙雲一一回答道。

高飛笑道：「才一千多人啊，人真少……」

「陛下，離正式選拔還有十天的時間，不知道陛下可還有什麼要求？」

「沒了，按照我之前定的方陣去做吧。」

「諾！」

西元一九〇年，華夏國神州元年，十月初八。

這是個幽麗的早晨，陽光曬得大地鍍上金色，空氣是清冷而甜蜜的，歡樂的曙光照射在整個河南城的上方，太陽底下，一座早已經搭建好的擂臺周圍站滿了人。

只短短十天，前來應選武官的人數便激增到了一萬五千八百三十七人，讓高飛看到了一種希望。

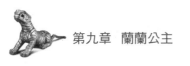

華夏軍的士兵整齊地列隊在擂臺的周圍，負責當地的治安，趙雲站在高飛的身邊，負責他的人身安全。

高高的擂臺上，身穿龍袍，頭戴皇冠的高飛顯得是那樣的威武。

他站在高處，環視擂臺下面前來應選的人，朗聲道：

「今天，註定是一個難忘的日子，因為，我華夏國要從你們當中選出能夠衝鋒陷陣的將軍來。你們當中有來自不同地方的，有華夏國的，也有別國的，每一個人的報名訊息，我雖然不是都能瞭若指掌，卻也大致流覽過一遍。我希望你們能夠拿出百倍的信心，勇爭上游。現在，我宣布，**華夏國第一次武道選拔大會正式開幕！**」

「萬歲！萬歲！萬歲！萬歲！萬歲！」軍民朗聲呼喊，響聲直沖雲霄。

許久沒有生機的洛陽京畿彷彿蘇醒一般，那條沉睡中的巨龍，也似乎在這歡呼聲中一點點的醒來。

於是，在高飛宣布正式開幕以後，按照事前的規劃，將應選選手編號進行了統一的安排，單號和雙號分開，分成了兩大組，一組為華夏隊，一組為神州隊，兩組的比賽同時進行，但又分別劃出許多不同的場地來。

報名的一萬多人裡，良莠不齊，為了能夠合理的去蕪存菁，高飛特意將選拔分成了弓箭、騎術、兵器、力氣以及拳腳五個比賽項目。大賽採取淘汰賽，第一輪各個選手並不直接參加對抗賽，而是先進行海選。

高飛特意抽出軍中的一些將軍擔任主考官，分別對各個項目的比賽進行評級，凡是符合選拔規格的予以錄用，不符合的則無情的淘汰。

所以說，這次武官選拔，高飛只重視個人的能力，也就是說，第一輪選拔，要五項全部通過才行，他要的是先鋒大將，能夠衝鋒陷陣的，如果不是全能，根本不配做那麼高的官。

辰時三刻，一切都已經準備就緒，選手也全部被分派到河南城周邊的各個場地進行項目測試，第一輪海選正式開始。

高飛在趙雲的護衛下，帶著親隨遊走在各個選拔場地之間，利用他的三寸不爛之舌，使勁的給選手加油打氣。那些選手受到皇帝的鼓舞，越發地顯得精神十足，在高飛臨近的時候，便大肆炫耀自己的才能。

武官和文官是分開選拔的，高飛的設想是，武官選拔沒有通過的，還可以去參加文官選拔，所以文官的選拔會拖後進行。不過，從報名的資料來看，報名參加文官選拔的人數遠遠超過了武官，已經達到了三萬多人。

而關於文官如何選拔，到現在，高飛還沒有想出個定論，所以才故意將比賽日期延後進行，讓參加文官選拔的選手全部留在離河南城不遠的穀城，一日三餐，全由朝廷出資。

高飛巡視完武官選拔一圈後，因為人太多，所以也是眼花繚亂的，對他而言，這一次只是走個形式，他關心的是後面。

海選會先淘汰掉絕大一部分人。因為他看到許多能夠將三百斤的鼎舉過頭頂的力士，卻無法開弓射箭，或是無法騎馬，這些都是很正常的，因為這個年代騎馬也是一件很奢侈的事，有些貧窮的人根本買不起馬。

所以，高飛在一定程度上放寬了對騎術的要求，只要能夠騎在馬背上繞圈跑上五圈不掉下來的，就算過關。因此，第一輪海選幾多歡喜幾多憂。

海選一共進行了兩天，兩天過後，海選徹底結束，一萬五千多人中通過第一輪海選測試的，只有三千多人。這個數字，也在高飛的預測當中。

十月初十，天氣逐漸變冷，河南城上空變得很是陰霾，卻絲毫沒有影響到選手的情緒。

那些在海選中落選的人，高飛也做了合理的安排，讓趙雲豎起一個募兵處，只要願意參軍的，會根據他們參加海選時的成績進行安排，在軍中就職。於是，海選落選的人都前來參加了，另外還有一部分人則是去報名文官選拔。

第二輪比賽是正式的對抗賽，先以一對一的方式進行比賽，勝者晉級，敗者淘汰，依舊按照箭術、騎術、兵器、力氣、拳腳來比試，每個人比試五次，然後以最後的綜合成績定勝負。

這一輪選拔將直接淘汰掉一半的人，加上人數少，所以只用了一天的時間便結束了，而比賽的結果也在當場就公布出來。

十月十一，第三輪選拔正式開始，在第二輪勝出的一千五百多人仍然按照第二輪的選拔方式進行選拔。於是，又淘汰掉了一半的人。

十月十二，十月十三，十月十四，這三天進行第四輪、第五輪、第六輪的選拔，七百多人變成三百多人，三百多人又變成一百多人，最後一百多人剩下的只有幾十人，這種淘汰賽非常的殘酷，選出來的人也可以說都是萬裡挑一的。

到了十月十五這天，高飛手裡拿著最後的七十八個人的名單，匆匆流覽一遍後，在名單中赫然看見一個熟悉的名字。

他眼前一亮，當即環視站在他面前的七十八個人，問道：「誰是郝昭？」

人群中一個少年應了一聲，叫道：「啟稟陛下，草民便是郝昭。」

高飛順著聲音望了過去，但見人群中，郝昭健碩的身姿鶴立雞群，遠遠高出其他人一個頭，身高足有一米八五。

他走到郝昭的面前，見郝昭比自己還高半個頭，便道：「你真的只有十四歲？」

郝昭面對高飛的問話，一點也沒有顯得緊張，隨口答道：「草民確實只有十四歲！」

「很好，接下來的選拔會更加的嚴格，我希望你不要讓我失望，我會一直關注你的。」

高飛不愛說朕，雖然說朕是皇帝的專有名詞，但是卻會給人一種距離感，讓人無法靠近。所以，他一直以「我」來稱呼自己，這樣會更有親和力，事實證明他是對的。

郝昭見高飛對自己如此關注，內心十分的歡喜，說道：「請陛下放心，郝昭一定不會辜負陛下對我的期望！」

高飛伸手拍了拍郝昭的肩膀，說道：「很好，爭取奪個第一，那車騎將軍的位置就是你的了。」

「陛下為何如此偏心，我令狐邵一點都不比郝昭差，為什麼只關注他，不關注我？」

一聲很大的吼聲突然在高飛的耳旁響了起來，震得高飛的耳朵一陣嗡鳴。

「大膽！竟然敢對陛下無禮！」

趙雲一個箭步衝了過來，一把抓住令狐邵的胸襟，將手輕輕一抬，便將令狐邵整個人給舉了起來，接著便往地上摔。

令狐邵被趙雲這突如其來的一抓抓住，根本動彈不得，加上被趙雲給高高舉了起來，大驚不已。

然而他應變很快，就在趙雲要摔自己的時候手臂伸出，一把抓住趙雲的手，身子在空中一轉，雙腳落地時，拉著趙雲的臂膀幾欲將趙雲甩到一邊。

若非趙雲武力過人，這突如其來的一甩，還真的會將他給甩出去，他借力打力，身子飄出，雙腳著地，反而再次將令狐邵給抓住，然後直接扔了出去。

「轟！」一聲悶響，令狐邵重重地摔在地上，還沒等他站起來，十幾名持著長槍的士兵便將槍頭抵住了他的身子。

高飛看到整個過程，令狐邵的表現倒是令他大開眼界，沒想到還有一個不怕死的，敢去和趙雲叫板！

「陛下，你沒有事吧？」趙雲急急問道。

「沒事！把他給放了。」

於是，士兵撤去兵刃。

令狐卲從地上爬了起來，惡狠狠地看著趙雲，抗議道：「剛才不算，是我太大意了，再來比過！」

「比是要比，不過你打不過我的虎威大將軍的，要比試的話，你就和他比，我倒要看看，你們兩個誰更厲害。」高飛笑笑指著郝昭說道。

「肯定是我！」令狐卲當仁不讓地道。

高飛看了看這七十八個人，這些人能從一萬五千多人裡被挑選出來，怎麼著也都算是精英了。於是，他決定改變之前淘汰賽的比賽方式，對眾人說道：

「那麼，第七輪比賽正式開始，不過與前幾次不同，這一次，比的是你們互相合作，我將你們分成兩組，兩組之間進行一次正規的軍事演練……你們，怕流血嗎？」

「不怕！」

「很好，子龍，發給他們兵器、戰甲，讓他們真刀真槍的比。」

趙雲怔了一下，問道：「陛下，這樣真的可以嗎？」

「有什麼不可以的？男人流血不流淚，這是很正常的，作為一個衝鋒陷陣的大將，隨時都會有生命危險，只有將生死置之度外，奮勇殺敵的人才堪當此大任。」高飛朗聲說道。

趙雲道：「臣明白，只不過刀劍無眼，萬一弄出人命，那就得不償失了。臣以為，還是用木棒、木劍代替真正的兵器吧。」

高飛想了想，覺得趙雲說得也沒錯，當即點點頭道：「按照單雙號進行編制，兩邊分開，來一場對抗賽。」

說著，高飛走到一邊，拔下一面大旗，帶著大旗來到了擂臺下面的一片空地上，走了好遠這才停下來，將吩咐士兵將大旗插在那裡。

「你們都聽著，今天的這場選拔將是最終的決賽，你們要竭盡全力，只要誰能第一個從擂臺那邊跑到這裡，並且摘下這面大旗，誰就是這次武官選拔大賽的冠軍，車騎將軍的官職也就是誰的！」高飛指著那面大旗高聲喊道。

選手們聽到高飛的這句話都倒吸了一口氣，面面相覷，這樣的選拔，無疑是讓每一個選手和另外七十七個人為敵，誰不想一舉奪魁，搶到車騎將軍這樣的高官來做?!

「你們先好好的歇息一番，一會兒給你們發放兵器、戰甲。」

高飛話音一落，便回到擂臺賽，讓人搬來一張椅子，端坐在那裡，俯瞰著整個比賽場地。

士兵開始給選手發放木劍、木盾，趙雲這時候走到高飛面前，躬身道：「陛下，臣有些不太明白……」

「有什麼不太明白的，儘管說出來。」

「陛下為何突然放棄之前定好的選拔方式，這樣是不是有點太草率了？還有，陛下只在那裡設了一面大旗，豈不是要其中一個人和另外七十七個人互相為敵嗎？這些人中，雖然說有些身手不凡，但每個都是強中的強者，臣擔心這七十八個人到最後沒有一個能夠走到那面旗幟下面。」

高飛笑道：「我心中有數，你就等著看好戲吧。對了，剛才那個叫令狐邵的，是什麼人？」

趙雲當即稟告道：「令狐邵，字孔叔，太原人，父親曾經是大漢朝的烏丸校尉，也算是將門之後。」

「這次報名的並州人不少，其中光太原一地就有一千多人，可見並州健兒風采依舊啊……」高飛一邊說著，一邊看著在擂臺下面鶴立雞群的郝昭。

他對於這個人物並不陌生，在正史中，郝昭曾經是魏國的將軍，受命防守陳倉，面臨諸葛亮率領的數倍於自己的敵軍絲毫沒有畏懼，反而將諸葛亮堵在陳倉城外，任由諸葛亮怎麼攻打，他都能夠輕易的化解。

東漢末年那些知名的文臣武將，基本上都在各地當官，他之所以要這樣公開選拔，就是為以後籌建新軍做準備，掌控半個天下，也是時候擴軍了。

擂臺下面，郝昭站在眾多選手當中，環視另外七十七個人，最後將目光放在令狐邵的身上。

他拿著剛剛發的木劍和木盾，徑直走到令狐邵的面前，問道：「兄弟，你是太原的吧？」

「誰是你兄弟？乳臭未乾的毛頭小子，一邊待著去。」令狐邵不耐煩地道。

郝昭彷彿沒有聽見似的，繼續說道：「我叫郝昭，字伯道，也是太原人，咱們是同鄉，我想……」

「是同鄉又怎地？今日這頭籌我是拿定了。」令狐邵回嘴道。

郝昭呵呵笑道：「這倒不一定，哥哥且看，除了我以為，這裡還有另外七十六人，每個人都是身手不凡，這裡到大旗雖然只有兩里路，但是誰不想當冠軍，必然會互相牽制！我的意思是，**不如我們兩個聯手，先齊心協力的到達大旗下，至於那大旗誰能拿走，再各憑本事**。這樣一來，你我的壓力就會大大的減少，而且也會事半功倍。令狐兄，你覺得呢？」

令狐邵也不是個傻子，自然注意到其他人的虎視眈眈，聽郝昭說的如此小聲，也是生怕別人聽見了他們的計畫。

他沒有立刻回答，反問道：「就算我們兩個聯手，也未必是另外七十六個人的對手，他們絕不會讓我們這樣輕易的通過，你這個計策雖然不錯，卻很難奏效。」

郝昭沉思片刻，見令狐邵胸有成竹的樣子，便道：「那以令狐兄之見呢？」

令狐邵笑道：「既然他們都勢在必得，自然不會輕易放任何一個人過去，你看著吧，等比賽開始，他們必然不會先動，而是先要解決自己身邊的人，這就是一個莫大的機會！」

第十章

兵不厭詐

「你……這算什麼？之前明明你不搶了，怎麼卻又突然出手？」令狐邵氣憤地說道。

「你錯了，這叫兵不厭詐。從一開始，我就志在必得你們兩個交頭接耳的時候，我就看得一清二楚，這才定下了螳螂捕蟬黃雀在後的策略。」

郝昭聽後，猶如醍醐灌頂，頓時說道：「我有主意了，我們可以按兵不動，靜觀其變，等他們都打累了，咱們再一擁而上，必然可以從那些人當中衝過去。不過，**前提是，你我必須聯手**。不知道令狐兄意下如何？」

令狐邵道：「就這樣定了，不過，只要有我在，那面旗你休想拿走。」

郝昭笑而不答，坐在令狐邵的身邊，眼睛一直注視著前方。

擂臺上，高飛遠遠地看去，見郝昭和令狐邵在那裡細聲說著什麼，心中暗道：**「看來冠軍要在他們兩個人中間產生了。」**

等到大家都休息得差不多了，高飛便命人吹響號角，宣布比賽開始。

這邊號角聲還沒有落，那邊握著木劍、木盾的選手便立刻展開了廝殺，原先分好的小組也蕩然無存，只要看見人就糾纏著扭打在一起，誰也不讓誰，大家都陷入了混亂。

不！至少有兩個人沒有參戰，而且那兩個人竟然一動不動的坐在那裡，細細觀看著前面打鬥的人，一副優哉遊哉的樣子。

喊殺聲不斷，雖然選手用的都是木劍，但是用力打在人的身上，也是一樣的疼。郝昭、令狐邵看到前面的戰況越來越激烈，那些人互相爭搶著，不多時，十幾個選手就堅持不住，倒在了地上。

郝昭、令狐邵眼光一瞄，幾乎同一時間站了起來，互相對視一眼，兩個人齊肩並進，大聲地喊道：「殺啊！」

兩人一衝過去，就以木劍開道，用木盾護住周身，配合的十分默契。

「轟！」郝昭、令狐邵突如其來的一陣猛攻，迅速衝開了其他應選的選手。兩人互相照應著，一直向前衝去。

此時，其餘人早已疲憊不堪，哪裡經得住郝昭、令狐邵的突襲，立馬被衝開一個口子，兩個人迅速向大旗那邊跑了過去。

這時，其餘人都意識到了危機，不再互相扭打，趕忙跟在郝昭和令狐邵的屁股後面猛追。

「這樣下去，誰也別想拿到旗幟，必須阻止他們前進。」郝昭厲聲對令狐邵道。

令狐邵一邊跑著，一邊咧嘴道：「為什麼不是你去抵擋他們？」

郝昭不答，只顧自己向前跑著，很快便到了大旗下面，正要身手去抓時，不料一把木劍斜刺裡飛了出來，直接攔住郝昭的去路。

「你想獨吞？」令狐邵一個箭步竄到郝昭的面前，呵斥道。

「隨你怎麼說，我只是取我應該取的東西！」郝昭絲毫不讓地說道。

「那你先過我這一關！」令狐邵道。

「此事先擱下，先將其他人擊退後，我們再以武力一較高低。到時候不管是誰輸了，至少前兩名是我們的！」

話音一落，郝昭急忙轉過身子，一臉橫肉的看著那撥追來的人。

令狐邵見眾人來勢洶洶，便暫時將兩人間的事情放下，跳到郝昭的身邊，冷哼一聲道：「我可不是來救你的，只是覺得你說的話很對而已……」

擂臺上，高飛和趙雲看得真切，高飛饒有趣味地問向身邊的趙雲道：「你猜他們兩個人誰會贏得最後的冠軍？」

趙雲皺起眉頭，道：「這個不好預測，郝昭和令狐邵確實是與眾不同，他們誰能拿到冠軍，臣也在焦急的等待著。」

高飛道：「嗯，吩咐下去，準備好午飯，等比賽結束，我要親自宴請他們。」

趙雲「諾」了聲，叫來幾名親衛，吩咐叫後廚備好薄酒小菜。

擂臺下的空地上，郝昭、令狐邵並肩作戰。

由於養精蓄銳的緣故，那些人在他們兩個聯合的打擊下，紛紛退卻，不敢再上前。

選手們各個疲憊不堪，且帶著不同程度的傷勢，眼裡充滿了只有野獸才有的目光，緊緊地看著大旗下的郝昭和令狐邵，雖然極為不服氣，卻沒有一個人敢再近前。

迎風飄展的大旗下，郝昭和令狐邵背靠著背，緊緊地貼在一起，一人手持著斷裂的木劍，一人手持著千瘡百孔的木盾，都是氣喘吁吁，卻是時刻保持著戒備。

如果說那群疲憊的選手是一群狼，那麼這兩個人無疑是兩頭嘯傲山林的猛虎。天地間一派肅殺，氣氛也異常的緊張，空氣中瀰漫著血液的氣味，飄蕩在周圍，久久不能散去。

「這面旗，我們兄弟要定了，還有哪個不服氣的，儘管過來！」郝昭虎視眈眈地望著對面的七十六個人，朗聲地喊道。

七十六個人中，沒有一個人不帶傷的，手中的木劍早已斷裂了，有的連木盾都沒有了，原先的一場惡鬥，他們都不信任對方，見到人就打，使得整個場面一度失控，最後弄得每個人都遍體鱗傷。

直到郝昭、令狐邵將他們衝開之後，他們才意識到自己是多麼的愚蠢。

「大旗只有一面，你們卻兩個人，為什麼你們會聯手迎敵？」其中一個選手站了出來，終於忍不住問出了心中的疑問。

「在這種情況下，聯手迎敵遠比單獨作戰更有勝算。大旗雖然只有一面，但是必然會被我們其中一人拿走，也就是說，**我的機會是一半**，與之前機會渺茫的情形更有勝算，我想你們應該能夠想通！」郝昭釋疑道。

其餘人都面面相覷，之後便是一臉的羞愧，他們之中不乏有親兄弟、朋友、同鄉，但是卻沒有一個人想到先合作再奪旗的辦法，反而將最親近的人也當成了敵人。

不一會兒的時間，七十六個人強打著精神，全部坐在了地上，似乎放棄了繼續爭奪的打算，大家的目光一致投在郝昭和令狐邵的身上，期待著他們兩個人能分出個高低。

郝昭見其餘人都不再搶奪了，斜視令狐邵一眼，見令狐邵並未先去搶奪大旗，急忙轉身上躍，想給令狐邵一個措手不及。

「想奪魁？門都沒有！你給我下來！」

令狐邵不是傻子，從一開始他就知道郝昭鬼主意多，所以對郝昭特別的提防，一見郝昭跳了起來，立刻伸出手抱住了郝昭的雙腿。

郝昭的身體剛躍到半空中，雙腿便被人緊緊地拉住，然後只覺得身體被人強行拉了下來，重重地摔在地上。

與此同時，令狐邵的身影縱身跳了上去，眼看伸手便要觸及到那面大旗，不料一個身影飛出，一腳把他給踹開，順勢將大旗給扯下，抱在了懷裡。

「轟！」一聲悶響，令狐邵重重地栽在地上，撞上剛爬起來的郝昭，兩人當場跌了個狗吃屎。

這一幕來得太過突然，誰也沒有看到究竟是怎麼回事，這個明明已經遍體鱗傷的人，竟然奇蹟般的從人群中飛了出去，反而將那面大旗給奪在懷裡。

「嘩——」全場譁然，圍觀的人也沒有搞明白這究竟是怎麼回事。

坐在擂臺上的高飛看到這一幕，急忙站起身子，這戲劇化的一幕實在太過意外了，使得整個比賽充滿了懸念。

「你是誰？」

令狐邵被狠狠地踹了一腳，衣服上還有一個偌大的腳印，從地上爬了起來，怒視著那個拿著大旗的人，大聲地問道。

那個抱著大旗的人，年紀不過十五六歲，長得方面大耳，輪廓粗獷，頗有強悍的男兒氣概，最吸引人的，是他的神態，雖然好似漫不經心，卻給人一種真誠可信的感覺。

他的眼神深邃靈動，單看他的眼神，便知此人生性放蕩不羈，而他的黑色瞳孔中散發出來的那種冷漠、空洞、不帶任何感情的目光，卻讓人看了有種不寒而慄的感覺。

這目光並不張狂，也不灼熱，它甚至只是一片虛無，正因為如此，才讓人無法琢磨，看不透，也看不明白。

他頎長的手指微微地抖了一下，右手食指和中指在不被任何人察覺的情況下輕微地摩擦著，然後一切恢復自然，面無表情地回答道：

「在下**賈逵**，字梁道，河東襄陵人。」

「你……這算什麼？之前明明看見你不搶了，怎麼卻又突然出手？」令狐邵氣憤地說道。

「你錯了，這叫**兵不厭詐**。而且，從一開始，我就志在必得。你們兩個人那麼顯眼，以為別人會注意不到你們嗎？你們兩個交頭接耳的時候，我就看得一清二楚，這才定下了**螳螂捕蟬黃雀在後**的策略。」

賈逵的話裡依然沒有絲毫的感情，他朝令狐邵和郝昭拱手道，「不過，我要謝謝二位，如果不是二位這麼拼力，我也不會那麼輕易得到這面大旗。」

「我們說的那麼小聲，你怎麼會聽清楚我們的談話？」令狐邵不解地問道。

「抱歉，我會讀脣術。」賈逵答道。

郝昭拍打了一下身上的塵土，走到令狐邵的身邊，看了賈逵一眼，說道：「哦，我記得你，剛才開始沒有多久，你是第一個倒下的，原來你一直在裝……」

「隨你怎麼說，反正這面大旗是我的了，這個車騎將軍，我當定了！」賈逵振振有辭地說道。

令狐邵一臉的不平，雙手握緊了拳頭，剛向前跨了一步，手臂便被郝昭給拉住了，他扭頭喝道：「鬆手！」

郝昭搖搖頭道：「大局已定，已經無可挽回，只怪我們太輕敵，沒想到反而成了別人的墊腳石。」

「難道就這樣算了？那面大旗應該是我的！」令狐邵咆哮道。

「已經無可挽回了，又何必執著呢？」郝昭安慰他道。

他鬆開令狐邵，拱手向賈逵道：「賈兄智謀過人，文武雙全，我郝伯道十分的佩服。」

賈逵回了個禮，道：「慚愧慚愧，若論單打獨鬥，我未必是你們二人的對手，所以才出此下策，實在對不住二位了。」

「哼！」令狐邵哼了聲，氣得肺都要炸了。

「啪啪啪啪啪……」

就在這時，高飛從擂臺上走了下來，一邊鼓著掌，笑著說道：「精彩！真是太精彩了，你們今天讓我看到了一個十分精彩的比賽……」

「叩見陛下！」

賈逵、郝昭、令狐邵等人見高飛來了，紛紛跪在地上，大聲呼道。

「免禮，免禮，都起來吧。」高飛道。

高飛徑直走到賈逵面前，上下打量了賈逵一番，然後問道：「小兄弟，你叫什麼名字？」

「回稟陛下，草民叫賈逵，字粱道，河東襄陵人。」賈逵禮貌的回道。

高飛仔細地回想了一下，這個人，高飛有點印象，《三國志》和《三國演義》中均有記載，是魏國的臣子，算是文武雙全，武勇雖然並不出眾，但是勝在智略，剛才那一幕，就足以證明他是用自己的智謀奪取了這次武官選拔得頭籌。

「哈哈哈……好，好得很。既然你已經奪得這次選拔的頭籌，那麼從現在開始，你就是我華夏國的左車騎將軍，官居從一品，封冠軍侯，另外賞賜金幣千枚！」高飛宣布道。

賈逵聽後，當即跪在地上連連磕頭，高聲喊道：「謝陛下賞賜，謝陛下賞賜，吾皇萬歲萬歲萬萬歲！」

其餘的人看後，有的失落，有的羨慕。其中最難受的要數郝昭和令狐邵，眼神中帶著不服，眉宇間還有幾分不悅。

高飛注意到郝昭和令狐邵兩個人的表情，當即道：「令狐邵、郝昭聽封！」

令狐邵、郝昭忽然聽到高飛的話，兩人都是一愣。

「還愣在那裡幹什麼？還不快點給陛下跪下領取封賞？」趙雲這時走了過來，指著兩人說道。

令狐邵、郝昭登時跪在地上，高聲喊道：「吾皇萬歲萬歲萬萬歲。」

高飛道：「你們兩個也表現不俗，令狐邵擔任偏將軍，郝昭擔任裨將軍，皆為正五品的官職，另外，每個人各賞賜一千銀幣以做鼓勵。」

「謝陛下隆恩。」令狐邵、郝昭感激涕零地叩頭道。

高飛轉過身子，對其他七十五個人說道：「你們能走到這一步，已經很不容易了，從今天開始，你們全部擔任都尉一職，屬於我華夏國正七品的官，至於怎麼樣分配，等明天我會讓虎威大將軍貼出任命狀的。」

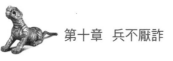

「萬歲！萬歲！萬歲！」一群人歡喜地高聲呼喊道。

武官的選拔正式落下帷幕，賈逵出人意料的奪得了冠軍，其餘表示願意參軍的一共有一萬人，高飛也都做出了合適的安排，全部編制成一支新的軍隊，讓賈逵出任這支部隊的主將，郝昭、令狐邵為副將。

大賽結束後，高飛在趙雲等人的陪同下，策馬去了穀城，準備進行文官的選拔。

傍晚時，高飛抵達了穀城，華夏國樞密院太尉盧植、蓋勳，內閣丞相管寧、鍾繇，帶著穀城的大小官員，一起將高飛迎入了城內的縣衙。

高飛剛一坐下，便道：「武官的選拔已經在今天完美地落幕，關於文官的選拔，你們可有什麼好的意見嗎？」

管寧首先說道：「啟稟陛下，文官的選拔是要充任地方官員的，如果選拔不好，就會弄巧成拙，臣以為，當擇選其優良者錄用，並且要考校他們解決政事的能力，只有如此，才能造福一方。」

高飛覺得管寧說得很對，這正是他頭疼的地方，選拔文官不能像選拔武官那樣簡單粗暴，畢竟一旦選定，可是要讓他們去治理地方，如果從政能力低，或是心術不正，肯定會禍害一方。

他忽然想到了漢朝的察舉制，不得不承認，這種制度在一定程度上給大漢選拔了不少從政的人才，只要每一項環節都保持公正的話，是很不錯的一套選拔人才的制度。

他想了想，說道：「參加文官選拔的一共有三萬八千多人，我們之前估算的地方官員的缺口是五百多名，如何選拔才是關鍵，你們有何意見？」

鍾繇道：「啟稟陛下，由於陛下之前在檄文中說得很清楚，只要有才就予以錄用，不考慮忠孝仁義等問題，致使一些無良之人濫竽充數，臣以為，當可先用前朝察舉制清除一部分劣等之人，然後再集思廣益想出一個切實可行的好辦法方為上策。」

盧植反駁道：「不可！陛下的話就是聖旨，如此做法，豈不是違背了陛下的初衷？」

「那以太尉之言，當如何應付？」鍾繇問道。

盧植道：「縣衙官署缺少的可用人才約有五百多人，但是報名的有三萬多，如何將這三萬多人全部納入官僚體系，實在是個很難的事。不過，可以將官員地方化，每縣以下皆有鄉，前朝鄉置有秩、三老、遊徼；亭有亭長，里有里魁，民有什伍，邊縣有障塞尉。如果將選拔的官員全部充任到地方，別說三萬多人，就是再多上三萬多也不夠用。」

高飛聽完，忽然覺得豁然開朗，自己的眼前彷彿看出了一個很大的官員缺口，當即說道：「盧太尉言之有理，可先以察舉制擇優選拔所需要的官員，其餘的則全部納入到地方，人不落空，這樣就簡單多了。但是選拔還是要走個形式……」

他想了一會兒，說道：「這樣吧，這幾天由你們選出最優秀的前十名，我親自見他們，然後當眾出題考校他們一番，終究還是要有個狀元的。」

「諾！」

商議已定，高飛頓時覺得輕鬆許多，反正只要報名參加的都會當官，人人不落空，所以也沒有什麼好擔心的。

接下來的幾天，文官選拔正式開始，由管寧、鍾繇、盧植、蓋勳四人主持，經過差不多十天的選拔，終於進入了尾聲。

最後，由鍾繇呈上最優秀的十名候選人，把名單交給高飛。高飛看完，倒是頗感意外，因為在名單上，**他竟然看見了司馬懿和樓班的名字**。

「你確定司馬懿和樓班都參加這次文官的選拔了？」高飛不敢相信地看著鍾

繇，問道。

鍾繇點點頭道：「臣十分確定，司馬懿和樓班確實亦在其中。」

「你們沒有放水的行為？」

「放水？」鍾繇不明白地道。

「你們沒有怠忽職守吧，那司馬懿才是十一歲的孩子，樓班雖然大點，也不過才十五六歲，他們兩個怎麼可能會在三萬多人中脫穎而出呢？」高飛不敢相信地問道。

「陛下，臣等確實不曾有半點放水的行為，一切都很公平，沒有一點徇私枉法。」鍾繇信誓旦旦地道。

高飛也覺得不太可能有放水的嫌疑，因為他這次選的四位主考官，管寧、盧植、蓋勳、鍾繇都是以清正廉明為世人之楷模的，只是他很意外，為什麼司馬懿、樓班會入選最優秀的前十名。

「陛下，那現在怎麼辦，要不要見見他們？」鍾繇試探地問道。

「見！我倒要看看，司馬懿是如何的出類拔萃的，讓他們全部進來。」

話音一落，鍾繇命人把那十個人全部叫了進來，年齡參差不齊，最大者三十多歲，最小的才十一歲。

穀城的縣衙裡，十個人站成一排，見到高飛時，一起跪拜道：「草民叩見陛下，萬歲萬歲萬萬歲！」

「都起來吧，十位智士都請坐下。」

高飛一邊說著，一邊盯著司馬懿看，此時的司馬懿已經和四年前那個玩泥巴的孩子大大的不同了，坐在那裡，一動不動，眼睛空無一物的看著前方，深邃的目光中，永遠無法將他看透，少年卻老成，一個十一歲的孩子居然會有如此驚人不俗的表現。

他又扭頭看了樓班一眼，樓班見到高飛看他時，露出了燦爛的笑容，反觀司馬懿面無表情地坐在那裡，好像從未見過他一樣。

四年來，司馬懿和樓班跟隨管寧、邴原、蔡邕在聚賢館學習，四年中到底學習成什麼樣子，高飛沒有過問過，因為他每天有很多事要處理，哪裡顧得上司馬懿那個未成年的小屁孩。

此時，司馬懿就坐在他的面前，他發現司馬懿徹底的變了，變得竟是那樣的成熟，這樣的成熟感是不應該出現在一個孩子身上的，如果出現，只能說這個孩子的心理已經達到了極致，讓人覺得很可怕。

「陛下……」鍾繇見高飛一直沒有發話，便提醒道。

高飛這才反應過來，說道：「你們自報一下姓名吧，從左邊第一個先開始，讓我也認識認識你們。」

「草民王凌，字彥雲，太原祁人。」坐在左邊第一個的青年說道。

鍾繇站在高飛的身側，小聲對高飛補充道：「此人乃前朝司徒王允之侄……」

「哦，原來如此。」高飛點點頭。

接著，一個二十多歲的漢子朗聲道：「草民蘇則，字文師，扶風武功人。」

鍾繇又低聲附耳道：「陛下，此人少小聞名於世，曾在涼州酒泉當過太守，後來馬騰稱帝，遂辭官遠遁，輾轉才來到我華夏……」

高飛又點點頭，不得不佩服鍾繇對人才的瞭解。

接著，第三個人只有十五六歲，道：「草民高柔，字文惠，陳留圉人。」

鍾繇道：「此人乃袁紹外甥高幹的族弟，頗有才華……」

「嗯。」

第四個人說道：「在下崔林，字德儒，清河人。」

鍾繇剛要開口說明崔林的來歷，便聽高飛道：「丞相大人，這個我認識，他不是崔琰的弟弟嗎？」

鍾繇笑道：「正是他。」

「在下杜畿，字伯侯，京兆杜陵人。」第五個人站了起來，朗聲道。

鍾繇這次沒有說話，或許是因為不太瞭解。

接著，右邊的第一個人站了起來，一臉笑意地說道：「啟稟陛下，某姓蔣，名幹，字子翼……」

「蔣……蔣幹？」高飛不等蔣幹說完，吃驚地道。

「正是區區不才，沒想到某之姓名陛下已經了然於胸，呵呵……」

蔣幹人長得儀表堂堂，皮膚白皙，服飾很華麗，是在座裡面穿得最好的一個，也是長得最好看的一個，十八九歲的年紀，真是一個花樣美男。

高飛自知失態，可是蔣幹的厚臉皮也讓他見識了，凡是看過《三國演義》的，對這個人都不會陌生，**蔣幹盜書**是其中最有名的一段。

「嗯嗯嗯……我確實知道你，你且坐下吧。」

鍾繇低聲說道：「陛下，蔣幹是江淮才子，以才辯見稱，獨步江、淮之間，莫與為對……」

「嗯。」

接著樓班站了起來，抱拳道：「陛下，我叫樓班……」

他說到一半，突然止住話，想了半天，後面竟然不知道說什麼了，最後只好尷尬的說道：「沒了。」

高飛聽了不禁失笑，緊接著，司馬懿站了起來。

他穿著一身長袍，十一歲的年紀，個頭比樓班矮半個頭，看來這四年來在薊城好吃好喝的，沒少長個子。

他低身鞠躬，舉手叩拜道：「庶民司馬懿，字仲達，河內溫人，叩見皇上。」

他不叫陛下，卻叫「皇上」，實在讓高飛聽了好奇，問道：「你為什麼和別人稱呼我稱呼的不一樣？」

「人云亦云，不如另闢蹊徑，『陛下』二字，並非是稱呼至高無上的皇帝的，所以小子不敢稱呼，只能以『皇上』二字代替，也只有此二字，才能彰顯帝王之威嚴。」司馬懿不慌不忙地回答道。

高飛好奇地問道：「哦，那陛下二字，可有什麼來歷嗎？」

「有的。」司馬懿淡淡地回答道。

「那我洗耳恭聽。」高飛道。

司馬懿畢恭畢敬地朝著高飛施了一禮，緩緩地說道：「『陛下』中的『陛』字，實際上是指帝王宮殿的臺階。內閣丞相蔡邕蔡大人曾經解釋說，皇帝派他的近臣拿著兵器站在宮殿的臺階下，以防不測。所以，陛的下面是皇帝的近臣……」

「嗯，有點意思，繼續說！」高飛見司馬懿在賣關子，便順著他的話說道。

「遵旨。」司馬懿又向著高飛施了一禮，繼續說道：「皇帝至高無上，臣子不敢直接同他交談，只好讓皇帝的近臣代為轉告，所以一聲『陛下』叫的不是皇上，而是叫站在陛下的人轉告皇上。話又說回來，規矩不是一成不變的，臣子也不是絕對不能直接與皇上說話，但是禮節不能省略，所以，與皇上說話前叫一聲『陛下』，就是表示自己的恭敬之意。」

高飛聽完這個解釋，覺得很新鮮，這倒是他從未注意過的地方，人云亦云，卻無從多想。

無論看歷史電視劇或還是古裝電影，只要劇中有皇帝出現，就會聽到群臣們左一個「陛下」，右一個「陛下」的稱呼皇帝。可是，為什麼稱皇帝為「陛下」，卻很少有人去考究。

「哈哈哈……」高飛大笑了起來，說道：「你小小年紀，竟然有如此見地，實在令我刮目相看。你且退回原位，待其他人自報姓名之後，我再出題考考你們，誰能回答的最貼切，誰就能成為這次選拔的第一名，我也自然會有豐厚的獎賞。」

隨後，剩餘的幾個人也自報了姓名，不過高飛卻從未在史書上或者野史上聽說過，東漢末年到三國時期，正是將星雲集，人才輩出的時候，許多人不太出名，也很正常，或許你沒有聽說過，但是他們確確實實是存在的。

當十個人都自報完姓名、籍貫之後，高飛便站了起來，讓鍾繇拿過來紙筆，當即大筆一揮，在一張白紙上寫下了兩個大字。

「今天，我便以這兩個字為題，要你們各自書寫一篇文章，誰把文章寫得最符合這字中的意思，我便任命他為參政知事，官居從一品，賞金幣千枚，封狀元侯。」

高飛將那張大紙給高高舉了起來，紙上的「**天下**」兩個大字赫然映入眾人的眼簾。

蔣幹看完，連連點頭說道：「好字！好字！陛下……不，皇上……也不……萬歲……爺，對萬歲爺的字簡直是蓋天下之悠悠，雄霸異常，此字真乃……」

不等蔣幹把話說完，高飛便斜視了他一眼，眼神中充滿了厭惡，讓蔣幹急忙收住嘴，低下頭，不敢再說什麼。

「丞相！」高飛叫道。

「臣在，陛下……皇上有何吩咐？」鍾繇急忙說道。

「你在此負責監考，一炷香的時間，考試結束，任何人都要交卷。一炷香後，我會親自來查閱。」高飛說道。

「臣遵旨！」

說完，高飛便放下那張紙，大步流星地走了出去。

鍾繇當即讓人奉上筆墨紙硯，以供這十個人書寫文章，另外再點燃了一炷香，他端坐在上首，見十個人都準備好了，便朗聲說道：「開始吧。」

聲音一落，十個人都紛紛苦思冥想，不久，蔣幹眼前一亮，率先提筆開始書寫，洋洋灑灑的寫了起來。

之後，司馬懿也開始動筆，再之後，其餘的人也都紛紛有了各自的理解，開始動筆書寫。

高飛並未真正的離開，而是躲在暗處，觀看著整個大廳裡的情況，看了一會兒後，他這才離開。

他回到了在縣衙的房間，簡單的休息了一會兒，估摸著時間快到的時候，這才又重新回到了大廳。

此時，一炷香滅，鍾繇開始收卷。

高飛待鍾繇把卷子收完後，這才進入大廳，問道：「丞相，都完事了嗎？」

鍾繇回答道：「啟稟皇上，臣已經按照皇上吩咐，中間沒有出現絲毫的紕漏。這是這十人所寫的文章，請皇上過目。」

「嗯，很好。」高飛坐了下來，翻看了一下考卷，縣將司馬懿的給抽了出來，攤在桌上，開始流覽。

「話說天下大勢，分久必合，合久必分。周末七國分爭，併入於秦。及秦滅之後，楚、漢分爭，又併入於漢。漢朝自高祖斬白蛇而起義，一統天下，後來光武中興，傳至靈帝，由是衰敗。

「推其致亂之由，殆始於桓、靈二帝。桓帝禁錮善類，崇信宦官。及桓帝崩，靈帝即位，大將軍竇武、太傅陳蕃共相輔佐。時有宦官曹節等弄權，竇武、陳蕃謀誅之，機事不密，反為所害，中涓自此愈橫。

「後張讓、趙忠、封諝、段珪、曹節、侯覽、蹇碩、程曠、夏惲、郭勝十人朋比為奸，號為『十常侍』。帝尊信張讓，呼為『阿父』。朝政日非，以致天下人心思亂，盜賊蜂起。中平元年二月，鉅鹿人張角、張寶、張梁領導黃巾軍反叛朝廷，此後大漢天下名存實亡……」

高飛從頭到尾都讀了一遍，可謂是一口氣讀完。看完之後，感觸頗深，開頭以事實引入，中間舉例論證，結尾建議良多，堪稱上乘之作。

不過，讓高飛感到驚奇的是，這樣的手筆，竟是出自一個十一歲的孩童之手，說出去都不會有人相信。

高飛將這篇文章交給鍾繇，讓鍾繇過目，鍾繇讀畢，連聲稱讚，大呼道：

「高論！高論！實在是高論啊……」

鍾繇看了一眼署名，見署名是「河內司馬仲達」六個字，不禁驚訝萬分地看了看司馬懿，不敢相信這樣的文筆是出自司馬懿的手。

高飛內心澎湃，面上卻不表現出來，順手抽出一張考卷，開始流覽。

「夫天下者，乃天下人之天下，蓋天下之大，唯有華夏神州大帝獨能得天下。孟子曰『失道寡助，得道多助』，天下萬民皆心向華夏大帝，縱然是三皇五帝、秦皇漢武，也不過耳耳。

「以天為宰，以德為根本，以道為門徑，以仁布施恩惠，以義作為道理，以禮規範行為，以樂調和性情，以法律為尺度，以名號為標誌，以比較為驗證，以考核來判斷，以職事為常務，以衣食為主旨，生產儲藏，關心老弱孤寡，使其皆有所意養，蓋天下之悠悠，盡善盡美者唯有我神州大帝也。

「天下大亂，賢王不顯，道德分歧，天下人多各得一孔之見而自我欣賞。譬如耳目鼻口，它們各有其功能，但卻不能互相通用。猶如百家眾技，各有所長，時有所用。雖然如此，但不完備和全面，都是孤陋寡聞的人。

「割裂天地的完美，離析萬物之理，把古人完美的道德弄得支離破碎，很少能具備天地的完美，相稱於神明之容。所以，內聖外王之道暗而不明，抑鬱而不發揮，天下的人各盡所欲而自為方術。只有我華夏國神州大帝，才是萬民所向的帝王，才足以掌控整個天下……」

高飛讀完，面露喜色，這篇文章洋洋灑灑數千言，密密麻麻的小字一通讀下來卻不覺得累，而且會讓你身心通暢。

他注意了一下署名，是蔣幹寫的。他抬起眼皮看了蔣幹一眼，見蔣幹一臉的笑意，心中暗想道：「這小子的馬屁功夫果然一流，拍得我心情舒暢不說，其中也不乏有一些做人的道理，是個人才。」

他將紙交給鍾繇，自己又接著拿起其他紙張開始觀看。

鍾繇看了蔣幹寫的文章後，頓時臉上一番羞愧，如果按照蔣幹寫的，他甚至連個君子都當不了啦。不過，鍾繇不得不佩服蔣幹的這番辯才，他能說的讓你信服，把歪曲變成正直，也確實非常人所能做到。

之後，高飛和鍾繇陸續看了另外八個人的文章，再也沒有看見有比司馬懿和蔣幹寫得更加精彩的文章了，不由得嘆了口氣。

高飛和鍾繇對視一眼，明白**這次的狀元要從司馬懿和蔣幹之間產生了**。

「你們都累了，先下去休息吧，明日一早，我將進行公告。」高飛朗聲對其他十人說道。

十人盡皆退走之後，高飛便讓人叫來管寧、盧植、蓋勳三個人，然後將司馬懿和蔣幹的文章讓他們傳閱。

三人看完文章後，亦是驚為天人，一個是將天下大勢論述的十分透澈，從商、周開始論述，直至前朝漢靈帝，可謂是旁徵博引；另一個馬屁功夫拍得十分過人，字裡行間都讓你無法拒絕，讀上這樣一篇文章，實在是享受。

高飛等管寧、盧植、蓋勳看完後，問道：「你們可有人選了？」

管寧、盧植、蓋勳三個人齊聲答道：「**狀元非司馬懿莫屬！**」

鍾繇也附和道：「臣附議。」

高飛想了想，道：「十一歲當狀元，你們不覺得年紀有點太小了嗎？司馬懿還是個孩子，文章雖然寫得好，也是管寧、蔡邕兩位大人教授有方，然而他太過稚嫩，不足以擔當大任……」

管寧、盧植、鍾繇、蓋勳四人齊聲問道：「皇上的意思是……」

「**取消司馬懿的參賽資格！**」高飛深思熟慮了一番後，終於下定決心，朗聲道。

這個決定一說出來，立刻讓在場的管寧、盧植、鍾繇、蓋勳驚詫不已，四人齊聲道：「皇上，司馬懿才智過人，對當下時勢分析的也十分到位，對天下二字也有獨到的見解，這樣的人才，正是我華夏必不可少的，臣等懇請皇上收回成命。」

自從司馬懿明確的解釋了陛下二字之後，一傳十、十傳百，其他人便不再高呼陛下，而是直接叫皇上，當然也有叫萬歲爺的，蔣幹的影響也不小。

高飛見管寧、盧植、鍾繇、蓋勳四個人聯名保奏司馬懿，他也知道這樣做有失公平，即使狀元當不成，也不至於取消比賽資格啊。

可是，他有他的想法，司馬懿這個人，歷史上的評價叫**狼子野心**、**鷹顧狼視**，畢竟三國最後全歸了司馬氏，曹操辛辛苦苦打下的江山，掉頭卻給別人當了嫁衣。

不過，他也在致力於改善司馬懿，**這個時候正是司馬懿的成長期，給司馬懿一個怎麼樣的成長環境，就會影響他以後的整個人生。**

所以，他才做出了這個決定，準備用極其嚴格的方式去對待司馬懿，直到他認為司馬懿有足夠的能力挑起整個帝國的大樑，並且對他忠心耿耿的時候，才敢放手去做。

「說出去的話，就如同潑出去的水，覆水難收，何況我是皇帝，一諾千金，如果朝令夕改，那我成什麼了？就這樣定了。」高飛堅決地說道。

「可是皇上……」

「沒什麼可是的，即刻草擬皇榜，宣布蔣幹為狀元，杜畿為榜眼、蘇則為探花，此三人，乃是本科文官選拔的三鼎甲，除司馬懿之外，進入前十名的全部賜天子門生。」高飛朗聲道。

管寧甚是替司馬懿惋惜，畢竟這個學生是他教的，他對司馬懿充滿了信心，可是到頭來，司馬懿竟然被踢出前十，甚至連個藉口都沒有，這樣做，太讓他傷心了。

他嘆了口氣，隨後畢恭畢敬地向著高飛施禮道：「啟稟皇上，臣乃寒門一書生，有幸被皇上器重，任教聚賢館，然而臣終究解脫不了書生之氣，對於政要也無甚建樹，臣良久以來，自思很多，臣覺得臣還是辭去丞相之職……」

管寧的這個決定很出人意料，眾人都紛紛看向了他。

「就為了一個司馬懿嗎？」高飛皺著眉頭問道。

「司馬懿乃聚賢館的門生，自入學以來，聰明好學，又有過目不忘之本事，所以學起來很快，比其他人都要顯得更有才智，所以臣才和邴原一起推薦他來參加這次選拔。春秋時，甘羅十歲為秦國宰相，司馬懿比甘羅還要大一歲，前人能夠做到的，為什麼司馬懿做不得？何況，司馬懿並非做丞相，只不過是個狀元而已。

「臣所惡者，乃是非曲直不明之人，臣之前一直以為皇上是求賢若渴，可是今日看來，皇上是在顛倒黑白，臣恥於在這樣黑白不分的人下為官，只好辭官不做，放歸鄉野，還望皇上准予。」

管寧一身正氣，對高飛絲毫沒有畏懼的心裡，反而話中多有譏諷，此話一出，倒是讓其他人都對他的生死有了一些擔憂。伴君如伴虎，這個道理他們比誰都清楚。

殺你，不需要理由；同樣，寵你，也不需要理由，全憑帝王的喜惡罷了。這就是封建制帝王專權的弊端，一旦帝王做出了錯誤的決定，皇權不可侵犯，誰也無法阻擋，大臣們明知道是錯誤的，卻也無可奈何的去執行，因為沒有人對皇權進行約束。

「皇上，管大人一時糊塗，說錯了話，然而管大人卻是對皇上忠心耿耿，臣等懇請皇上網開一面！」鍾繇似乎聞到了一絲不尋常的氣息，搶在了高飛的前面說了出來。

蓋勳、盧植都非常的瞭解高飛，他們知道高飛絕對不會因為管寧的一席話而殺了管寧，所以站在那裡靜觀其變。

良久，大廳內的氣氛異常的緊張，誰都沒有再說一句話，高飛陷入了沉思當中，其餘人則是提心吊膽。

「嗯，你說得有道理，我確實不該顛倒黑白，公道自在人心，我無話可說。不過，我想讓你們清楚，我這樣做，是有自己的目的，不是說司馬懿不能成為狀元，正是因為他太有才華了，所以我覺得他當了狀元是屈才，他的智謀遠不只這些，**我要單獨的培養他，讓他成為以後能夠力挽狂瀾的人才**，也是因為如此，我才做出決定，準備讓司馬懿去軍中歷練一番！」

高飛終於說出了自己內心的想法，他不是不要司馬懿，而是覺得讓司馬懿從政太可惜了，他應該是個軍事人才。

管寧、邴原、蔡邕教授的儒學足夠司馬懿消化的，短短的四年，算是司馬懿剛剛小學畢業，後面的路還很長，而且他要將司馬懿培養成為指揮千軍萬馬的將帥，簡單明瞭的說，他要司馬懿，就是要他去打仗，而不是從政。

「四位大人，我知道你們都是剛正不阿的人，也見不得有一絲污濁之氣。我想，一旦我執意取消司馬懿的參賽資格，恐怕你們會陸續辭官不做。但是，我請你們這次通融一下，我並非是要打壓司馬懿，而是另外有極為重要的用處。這樣吧，為了防止以後再有類似的事情出現，我重新制定朝廷的執政大綱……」

眾人面面相覷，卻又期待著高飛下面的話。

「我和你們一樣，都是一個平凡的人，皇帝並不是神，所謂的天子，也不過是一種叫法而已，說白了，**皇帝只不過是整個國家的最高領導人**，也就是說，我和你們一樣，是在共同替天下的百姓管理著這個國家，**這個國家不是我高某人的，也不是任何一個人，而是千千萬萬的百姓的**，孟子曰『民為貴，社稷次之，君為輕』，這句話我一直都很贊同。」

高飛頓了頓，繼續說道：

「所以，從今天開始，我以皇帝的名義，**更改內閣為參議院**，從此以後，凡是**國中軍政大事，皇帝和參議院、樞密院一同商議**，皇帝提出的建議，要經過參議院和樞密院的審核之後才能執行，錯誤的提議，參議院和樞密院可以予以否決，而參議院和樞密院的提議，皇帝也可以有權予以駁回，當大家拿不出統一的意見時，參議院、樞密院以及皇帝本人，共同舉手表決，當多數勝過少數的時候，決議才能予以頒布。這樣一來，就有效的限制了皇權，不至於讓皇帝本人因為權力過大而胡亂決議，你們覺得如何？」

管寧、鍾繇、盧植、蓋勳聽了都頗感吃驚，他們不敢想像，至高無上的皇帝在高飛的眼裡竟然是如此的一文不值，如果這樣做的話，那豈不是誰當皇帝都一樣了嗎？

但是，高飛的這個創新的理念卻打開了管寧、鍾繇、盧植、蓋勳的思路，讓他們的眼前豁然開朗，原來還可以這樣進行執政。

縱觀歷史，沒有哪個皇帝不犯錯誤的，而這個錯誤一旦犯了，就會造成很嚴重的後果，秦皇漢武、唐宗宋祖等等一些有名的帝王，都有著這樣那樣的錯誤決議。

高飛之前採取了三省六部制來加強中央集權，所謂的中央集權，並非是指加強他個人的皇帝的權力，而是收回了地方上的一些不應該有的權力。

就拿漢朝來說，州郡都有權力自主徵兵和打造兵器，一旦州郡不服從中央的調遣，就會形成割據的形勢，正如現在高飛、馬騰、劉備、孫策、劉璋、士燮六人割據整個天下一樣，這是一種詬病。

所以，高飛採用了三省六部制，但是並非是全部套用，只是選擇其優良的一面，又結合了現代的機制加以嵌套，從而創出一種新型的機制。

這一次，高飛又提出**約束君主權力**的說法，更加的證實了他也怕自己出現什麼錯誤，一旦權力熏心了，往往會導致一些不好的事情出現，**他怕自己還沒有統一天下，就成為一個被萬人所罵的暴君或者是昏君。**

「此事事關重大，非臣等所能決議，參議院、樞密院一共有十人，必須將此事通知其他六位大人才可以進行定奪。」盧植急忙說道。

「嗯，那就給其他六位大人寫信，就以這種方式約束皇權，隨後我會對此進行更加詳細的解說。但是，在這之前，就司馬懿一事，還請四位大人予以通過！」

高飛這話，彷彿在請求他們四個人一樣，他是個皇帝，本來就是具有說一不二的特權，應該是一個人說了算的，可是現在卻和他們四個人商量。加上之前他所提出對皇權進行約束的事情，也讓管寧等人看到了不同的高飛，在這樣的皇帝手下打工，絕對有前途。

於是，管寧看在高飛是在培養司馬懿成為軍事人才的基礎上，決定放下原本的不滿，毅然地點了點頭。其餘三個人也是如此。

高飛笑道：「那麼，就這樣定了，蔣幹是狀元，任其為參政知事，封狀元侯，杜畿、蘇則為議郎，可以在參議院行走，其餘人的官職，由參議院統一調配。」

「臣等遵旨！」

高飛看到了一種希望，其實只要把自己的思想灌輸給這些古代人，他相信是能夠讓他們理解的，而且未來的華夏國將會更加的長久，他以身作則，首先提出約束皇權的想法，這樣的話，皇帝也只是個最高決議人而已。

帝國，正在一步一個腳印的崛起，東方的鐵騎也即將橫掃這個時代，華夏神州，也將成為世界的中心……

請續看《三國疑雲》第九卷　關山飛渡

三國疑雲 卷8 兩虎相爭

作者：水的龍翔
發行人：陳曉林
出版所：風雲時代出版股份有限公司
地址：10576台北市民生東路五段178號7樓之3
電話：(02) 2756-0949
傳真：(02) 2765-3799
執行主編：朱墨菲
美術設計：吳宗潔
行銷企劃：林安莉
業務總監：張瑋鳳

初版日期：2022年6月
版權授權：蔡雷平
ISBN：978-626-7025-43-7

風雲書網：http://www.eastbooks.com.tw
官方部落格：http://eastbooks.pixnet.net/blog
Facebook：http://www.facebook.com/h7560949
E-mail：h7560949@ms15.hinet.net
劃撥帳號：12043291
戶名：風雲時代出版股份有限公司

風雲發行所：33373桃園市龜山區公西村2鄰復興街304巷96號
電話：(03) 318-1378
傳真：(03) 318-1378
法律顧問：永然法律事務所 李永然律師
　　　　　北辰著作權事務所 蕭雄淋律師

行政院新聞局局版台業字第3595號 營利事業統一編號22759935

定價：290元

國家圖書館出版品預行編目資料

三國疑雲 / 水的龍翔著. -- 初版. -- 臺北市：風雲時代出版股份有限公司, 2022.01-　冊；　公分

ISBN 978-626-7025-43-7（第8冊：平裝）--

857.7　　　110019815